저는 언제쯤 잘 풀릴까요

저는 언제쯤 잘 풀릴까요

이보람
곽민지
이진송
이미화
윤혜은
윤이나
원재희

일토

차례

Hello

이보람

"예수쟁이가 여길 왜 왔어?"

나의 종교는 천주교. 나뿐만 아니라 우리 가족 모두가
가톨릭 신자이다. 현재는 주일 아침에 늦잠 자기 바빠
서 냉담자로 지내고 있긴 하지만 우리 삼 남매는 성당
의 울타리 안에서 성장했고 그리스도 안에서 평안을
찾았다. 그 시절 언니는 주일학교 선생님이었고 오빠
는 복사였다. 그리고 나는 수녀회에서 운영하는 까리
따스 유치원을 다녔다. 우리 가족이 천주교라는 종교
아래 대동단결할 수 있었던 건 전적으로 엄마의 영향
력 때문이었다. 50년대 유년 시절부터 성당을 다닌 엄
마는 결혼 후 무교인 아빠를 가톨릭의 세계로 이끌었
고 우리 삼 남매도 태어나자마자 유아세례를 받게 하

였다. 온 가족을 하나님의 자녀로 만들 정도로 독실한 가톨릭 신자였던 우리 엄마. 그런 엄마의 평생 취미가 다름 아닌 점 보기였다는 게 참 아이러니한 일이지만, "예수쟁이가 여길 왜 왔어?"라는 말을 들어가면서도 참 꿋꿋하게 점집을 다녔다. 그중 엄마가 자주 가던 곳은 용산에 있는 점집이었고 그 무속인을 엄마와 나는 '용산 아줌마'라 불렀다. 엄마가 "용산 아줌마 만나고 올게" 하고 외출하는 날은 엄마의 답답한 속을 달래러 점을 보러 가는 날이었다.

용산 아줌마, 그가 용했느냐 하면 그게 맞힌 것도 아니고 맞히지 못한 것도 아닌 애매한 경계였달까. 내가 고3 수능시험을 마치고 서울에 있는 S 여대에 지원서를 넣었을 때 용산 아줌마는 엄마에게 딸내미 서울에 있는 여대에 충분히 붙는다고 걱정하지 말라고 했고 나는 그해 대학에 붙긴 붙었다. S 여대가 아닌 서울에 있는 여자 전문대에. 내 팔자에 세쌍둥이가 있을 거란 말도 들었는데 나중에 보니 그게 사람이 아닌 고양이 새끼였다. 이것도 맞혔다고 하기에도 맞히지 못했다고 하기에도 좀 애매하다. 용산 아줌마가 써준 노란

부적을 베개 속에 넣어둔 적이 있었는데 그 덕에 나쁜 기운이 나를 피해 갔는지 아니면 원래 나쁜 기운 따위 없었는지는 알 수 없다. 한번은 중요한 걸 하필 딱 못 맞혀서 엄마가 용산 아줌마랑 대판 싸우고 온 적도 있었다. 그러니까 신점이란 게 다 맞는 것도 아니고 다 틀린 것도 아니어서 좋은 말은 믿으면 되고 나쁜 말은 조심하면 된다는 게 내가 신점을 대하는 자세이다. 어린 시절부터 간접 체험을 쭉 해오면서 신점에 익숙해진 나는 분명 세상에는 영적인 존재가 있다고 믿는다. 그럼에도 지금껏 살면서 직접 신점을 보러 가지 않은 이유는 글쎄⋯ 뭘 알아야 가지. 가끔 길을 가다가 타로나 볼 줄 알았지 내가 어디에 누가 있는지 알고 찾아가겠어. 그런 내가 올해 초 생애 처음으로 신점을 보았다.

"넌 성공한 사람이야.
좋아하는 일을 하고 있잖아."

주변 사람들에게서 내가 많이 듣는 말 중 하나는 "그래도 넌 네가 좋아하는 일을 하고 있잖아"이다. 현재 나는 천직이라고 생각할 만큼 나랑 잘 맞는 책방 일을 10년 넘게 해오고 있다. 그것도 내가 좋아하는 동네인 홍대 연남동에서, 인심 좋은 건물주 덕분에 아주 좋은 조건으로. 내가 노력한다면 정년퇴직 없는 이 직업을 평생 업으로 누릴 수도 있을 것이다. 누군가는 그게 행복한 삶이라고 부러워했고 누군가는 성공한 삶이라고 추켜세웠다. 하지만 내가 요즘 술 마시며 자주 하는 말이 있다. "세상에 행복한 사람이 어디 있어?! 그저 행복한 순간이 있을 뿐이지." 책방을 하면서 좋은 사람을 많이 만났고 과분하게 행복한 순간도 많이 겪었지만 나는 결코 행복한 사람이 아니다. 성공한 사람은 더더욱 아니고. 작년부터 어디에서건 자기소개를 보내 달라고 하면 '무엇도 되지 못한 사람'이라고 적어 보냈다. 많이 오글거리는 소개이긴 하지만 난 정말 아무것도 되지 못했으니까 이보다 더 나를 정확하게 소개하는 문장은 없는 듯하다. 누군가가 배우자가 되고 엄마가 되는 동안, 누군가가 집을 사고 큰돈을 모으는 동안, 또 누군가가 무엇이 되는 동안 난 이룬 게 아무것도 없다. 그렇다고 좋은 책방지기도 아니고. 설상가상 코로나19가 끝났음에도 팬데믹 때보다 더 장사가 되지 않아서 책방 유지만 겨우겨우 하고 있을 뿐이다. 정년퇴직이 없으면 뭐하나 밥벌이를 못하는데. 뭐 이렇게 되는 일이 하나도 없지, 이제 나이도 적지 않은데 내 인생은 무엇도 되지 못한 채 이렇게 끝나는 건가 한숨이 절로 난다. 나이는 숫자에 불과하다고 나이 칠십에, 팔십에 풀리는 사람도 있다는 그런 말 하지 마. 그 나이 돼서 풀리면 화날 거 같으니까.

작년부터 연남동에 한 건물 건너 하나씩 생긴 게 인생 네 컷 셀프 사진관이다. 하필 책방 바로 옆에도 인기 많은 사진관이 오픈해서 주말이면 길게 대기하는 줄이 책방 입구를 가로막았다. 게다가 대기 줄은 시끄러웠다. 장사는 주말 장사인데 말이지. 책방 안에서 한숨만 내쉬던 나는 책방과 어울리는 곳으로 이사를 가고 싶다는 마음이 간절해졌다. 그리고 책과 함께 술과 차를 팔고 싶었다. 힘들 때마다 나를 위로해 주던 게 술이었고 따뜻한 차였다. 책과 술과 차가 있는 술책방이라면 나뿐만 아니라 다른 이들에게도 위로의 공간이 되지 않을까 싶어서. 하지만 서점으로 등록된 현재의 사업장에서는 술 판매가 불가능했다. 그래서 일단

나이 칠십에, 팔십에 풀리는 사람도
있다는 그런 말 하지 마

판매가 가능한 무알코올 음료를 들여놓았지만 무알코올은 술이 아니지. 새롭게 술책방을 운영하고 싶다는 생각이 점점 강해지면서 어느 순간부터는 하루 종일 당근 부동산만 들여다보고 있었다. 은평구에 살고 있으니 은평구 매물을 주로 둘러보았는데 간간이 괜찮은 매물을 보면 직접 찾아가 상권을 조사해 보기도 했다. 정말 당장 연남동을 떠날 사람처럼 굴었지만 또 연남동을 뜨겠다는 생각을 하면 감정이 북받쳐 올랐다. 연남동 227-16, 101호 헬로인디북스. 잠꼬대로 중얼거릴 정도로 익숙한 책방 주소, 온 세상에 빛이 사라져도 찾아갈 수 있을 것 같은 나의 소중한 책방. 내가 여기를 어떻게 떠나. 여기에 쌓인 내 눈물이 몇 리터고 내 웃음이 몇 트럭이야. 내 손길이 닿지 않은 곳이 없는 이곳에 다른 사람이 세입자로 들어와서 인테리어다 바꾸고 내 자리에 앉아있는 모습만 상상해도 막 서글퍼졌다. 여긴 단순한 사업장이 아니라 내 안식처이고 내 마음의 고향이라고! 혼란스러웠다. 머리는 이제 변화가 필요한 때라고 말하고 있는데 마음은 변화가 마냥 두렵기만 했다.

이런 와중에 카페를 하는 친구가 장사가 잘 안돼서 카페를 접어야 할지 말지 신점을 보고 왔다는 이야기를 들려주었다. 보살님 왈, 2년만 고생하면 카페가 아주 잘된다고 했단다. 개인사를 훤히 들여다본 듯 다 맞혀서 믿음이 간다고 했다. 얘기를 듣다가 혹해서 친구에게 보살님의 연락처를 물어 나도 예약을 했다. 가장 이른 날짜로 잡은 것이 한 달 뒤였다. 과연 보살님은 나에게 이사를 가라고 할 것인가. 천년만년 이곳에서 장사할 것도 아니고 끌어안고 죽을 것도 아닌데 이사 가서 새로운 마음으로 시작하라고, 그럼 잘될 거라고 말해주기를 바랐다. 지금 내가 가진 미련을 버릴 수 있도록 보살님의 말 한마디가 필요했다.

"술 파는 거 좋아요. 본인과 잘 맞아요."

드디어 기다리고 기다리던 디데이! 예약 시간에 맞춰 주소지로 찾아갔다. 후미진 곳의 빌라 1층 벨을 누르니 편안한 차림의 젊은 여성이 웃으며 문을 열어주었다. 거실엔 작은 테이블과 방석이 놓여있었다. 한복을

입지 않은 보살님과 신당이 아닌 일반 가정집 거실이
라니, 내가 미디어에서 보아오던 것과는 너무 달라서
낯설었다. 거실 테이블 위에는 오방기도, 흩뿌릴 생쌀
도, 방울도, 부적도, 여기가 점집이라고 티를 낼 만한
물건이 하나도 보이지 않았다. 테이블 위엔 그저 덩그
러니 A4 용지 한 장이 놓여있었는데 보살님이 미리 받
아둔 내 사주를 보고 뽑아놓았다며 일단 이걸 읽은
후 본격적으로 이야기를 나누자고 했다. '정이 많고 따
뜻하며 재치 있고 엉뚱한 면도 가지고 있는 사람'으로
시작하는 이야기는 그냥 이보람 그 자체였다. '창의성
이 많은 사람이나 남들과 회사에서 일하는 것보다 본
인 혼자 사업을 하는 편이 더 낫다.' '디자인이나 글을
쓰는 등의 일은 유명수로도 이어질 수 있으니 매우 추
천한다.' '인복이 많아 인간관계는 문제없으나 약자에
게 크게 흔들릴 수 있으니 주의하는 것이 좋다.' 고개
를 열심히 끄덕이며 한 줄 한 줄 경청했다. 보살님이
종이에 적힌 글을 다 읽고 난 후 나를 쳐다보았다. '지
금이구나! 바로 지금이 내가 물어볼 타이밍이야! 이사,
이사! 저 이사 가도 되나요? 궁금합니다!' 무려 한 달
을 기다려온 질문을 하기 위해 입을 막 떼려는데 질문

은 내가 아닌 보살님이 먼저였다.

"혹시… 3년 사이에 가족상 치렀나요?"

혹 치고 들어온 질문. 책방에 대한 생각으로 머릿속이 가득했는데 순간 멍해지면서 무엇에게 홀리기라도 한 것처럼 나는 순순히 대답을 하고 있었다.

"아… 네… 엄마요."

그리고 그때부터 눈물이 걷잡을 수 없이 쏟아지기 시작했다. 엄마가 세상을 떠난 지 일 년 하고도 오 개월. 아직도 입 밖으로 '엄마'라는 단어를 말할 때마다 눈물을 참아내느라 애를 쓰는데 이번엔 참고 자시고 할 틈도 없었다. 원래 상문을 잘 맞힌다고 들어서 엄마 이야기를 꺼내지 않을까 대략 예상하고는 있었지만 이렇게 무방비 상태로 기습공격을 당할 줄은 상상도 못 했다. 해야 할 질문을 잊은 채 주룩주룩 울기 시작했다. 보살님이 두루마리 휴지를 잔뜩 풀어 나에게 건넸다.

지금도 무엇을 하든 엄마 생각을 많이 한다. 밥상한번 차릴 때에도 엄마가 했던 말이 자연스레 떠오른다. 밥을 푸다가 '엄마가 밥은 칼 치듯이 푸라고 했지.' 나물을 삶다가 '엄마가 이 나물은 질기니까 푹 삶으라고 했지.' 엄마의 목소리가 기억나서 울고 엄마의 목소리가 들리지 않아서 또 운다. 내가 세상을 살아가는 방법을 알려준 건 엄마였다. 엄마는 나의 선생님이었고 종교였다. 그리고 나의 가장 친한 친구였고 가장 가까운 상담사이기도 했다. 엄마가 있었다면 술책방에 대해서도 가장 먼저 상의했을 것이다.

"무슨 일이 있으면 다 엄마랑 이야기했는데 이제 말할 사람이 없어요."

눈물의 하소연에 보살님이 조용히 또 물었다.

"딸 이름을 부를 때 성을 붙여 불렀어요?"
"…네."

보살님이 웃으며 다음 말을 이어갔다.

"아까 보람 님 들어올 때 엄마가 성을 붙여 부르며 히히 웃으셨어요."

하, 여기 뭐야. 저건 우리 엄마 웃음소리잖아. 백발이 성성한 할머니가 되어서도 여전히 장난꾸러기처럼 웃던 사람. "아고 이보라미, 너도 엄마 닮아서 별수 없구나, 점을 보러 다니고" 하면서 웃었을 게 너무 눈에 훤히 그려졌다. 이 세상 어디에도 엄마가 없다고 생각했는데 엄마가 내 곁에 있었구나. 고개 숙여 한참을 울다가 정말 묻고 싶었던 걸 물었다.

"우리 엄마 잘 계세요?"

내 인생이 어떻게 하면 잘 풀릴 지보다 지금 이 순간 가장 확인하고 싶은 건 엄마의 안부였다. 보살님이 조용히 고개를 끄덕였다. 엄마가 혹시 그곳에서 괴롭게 지내는 건 아닌지 지난 일 년 반 동안 걱정을 많이 했었는데 다행이다. 너무 다행이야. '무엇도 되지 못한 이보람' 중엔 좋은 딸도 포함된 것이었다. 결국 난 엄마에게 좋은 딸도 되지 못했다. 엄마를 가장 사랑하지만 아껴주지 못했고 마지막엔 엄마 병간호를 잘하지 못했다는 죄책감을 느끼고 있었다. 덜렁대는 내가 아닌 다른 사람이 엄마 곁에 있었다면 엄마의 마지막이 덜 고통스럽지 않았을까. 1인실에 모시지 못해 가족 친지들과 마지막 인사를 제대로 나누지 못한 것도 한으로 남았다. 엄마를 언제까지고 슬픔의 굴레에 가둬둘 수 없다는 걸 알지만 엄마의 마지막을 생각하면 후회와 자책의 감정이 어쩔 수 없이 가장 먼저 올라왔다. 엄마가 잘 지낸다니 그게 보살님의 거짓말이라고 해도 안심이 되었다. 이 말을 들으려고 내가 여기에 온 건가 봐, 엄마. 이제 아픈 몸에서 해방돼서 잘 살고 있는 거지? 응, 그거면 돼. 엄마가 잘 있으면 된 거야.

눈물 콧물 뽑으며 한차례 실컷 울고 난 후 진정을 좀 하자 보살님이 점사를 계속 이어나갔다. 나는 기본적인 성향이 게으르다고 했다. 휴지를 둘둘 말아 코를 팽 풀다가 고개를 들어 보살님을 쳐다봤다. "맞아요. 저 정말 게을러요. 그런 것도 사주팔자에 나와요? 엉엉." 보살님이 무슨 말을 해도 한번 터진 눈물은 멈출 줄을 몰랐다. 게으른 이보람은 무언가를 결정하기까지 한참을 망설이지만 일단 시작하면 과감하게 일사천리로 진행하는 스타일이라고 했다. 그제야 책방 이사가 떠올랐다. 책방을 10년 넘게 하고 있는데 변화가 필요하고 이사를 해서 새롭게 시작하고 싶다고 말했다. 변화가 필요한 때라고 당연하게 말할 줄 알았던 내 예상과 다르게 보살님은 단호하게 고개를 저었다.

"이사 수가 없어요. 올해에도 내년에도 이사 수는 없네요."

어디로 가면 좋을지 언제 가면 좋을지 남향이 좋을지 동향이 좋을지 딸린 질문들이 줄줄이 있었는데 이렇게 여지없이 아니라고 하니 더 물어볼 말이 없었다.

"진짜요? 제가 사는 곳이 은평구라서 같은 동네에서 가게 하려고 열심히 그 동네 매물을 찾아보고 있었거든요."
"지금 눈에 차는 매물도 없잖아요."

"아, 맞아요. 그렇긴 해요."

"은평구는 살기만 하세요. 장사는 마포구, 용산구, 아니면 저 아래 경기도에서 해야 잘 맞고요. 일단 현재 있는 터가 보람 님과 잘 맞는 곳이라서 이사 가기엔 너무 아깝네요."

아깝지. 눈이 오고 비가 와도 사람들이 문을 열고 들어오는 곳이라고. 이런 자리가 세상에 어디 있어. 근데 그런 목 좋은 자리에서도 난 돈을 못 벌잖아. 뭐가 문제일까. 보살님이 나의 문제점을 바로 지적해 줬다.

"돈 욕심이 없어요."

…빙고.

"아, 그것도 맞아요. 그렇긴 한데, 돈을 벌긴 벌어야 하니까요. 요즘 책 판매도 너무 안되고 술을 좀 같이 팔면 어떨까 해서요."

보살님은 술과 내가 아주 잘 맞는다며 또 울면 어

떡하지 염려하는 말을 덧붙이고는 엄마 얘기를 다시 꺼냈다.

"엄마가 음식점 하셨어요?"

"(놀라며) 네, 식당 오래 하셨어요."

"딸도 엄마 따라서 음식점 하면 되겠네요. 모녀 사이가 유달리 좋았는데 딸이 엄마가 했던 업종 비슷하게 하면 좋아요. 엄마가 손재주가 좋으셨던 것 같은데 딸도 손으로 하는 거 계속하고요."

"전 손이 야무지지 못해요. 엄마는 뭐든 잘 만드셨는데 저는 손재주가 그다지 없는데요."

"글쓰기요. 글쓰기도 손으로 하는 재주예요. 보람 님이 글을 계속 쓰면 좋겠어요."

어렸을 때부터 일기 쓰기를 꾸준히 했던 나는 독립출판으로 책도 몇 권 냈지만 이 역시도 판매와 홍보에 신경 쓰는 게 힘에 부쳤고 엄마의 일생을 기록한 책 제작을 끝으로 출판은 그만둔 참이었다. 책 판매도 판매지만 내가 글을 쓰고 책 만드는 걸 늘 응원하고 좋아해 주던 1호 팬인 엄마가 돌아가신 후 출판에 대한 의욕도 같이 사라진 상태였기 때문이다. 이게 다 무슨 소용이고 이게 다 무슨 의미야. 근데 내 앞에 앉은 보살님이 자꾸 글을 쓰라네. 혹시 이건 엄마의 메시지일까. 엄마는 우리 딸이 계속 글을 쓰면 좋겠다고 말하고 싶은 걸까.

"올해 운수가 아주 좋다고는 할 수 없지만 무얼 도전하기엔 좋은 시기이니 새롭게 사업에 변화를 주는 것도 좋아요. 술이랑도 아주 잘 맞고요. 단, 보람 님은 가족력으로 간이 안 좋으니 과음은 안 돼요."

말년에 간경변으로 고생한 우리 엄마. 나는 간이 안 좋은 것까지 엄마랑 똑 닮았네. 간이 안 좋은 건 걱정이지만 내가 착하고 똑똑한 우리 엄마를 두루두루 닮았다니 기분이 나쁘지는 않았다. 30분의 대화를 마치고 복채를 내고 나왔다. 지난 두 달 동안 당근 부동산으로 둘러본 은평구 매물들이 맥없이 머릿속에서 흩어졌다.

"다 울었니, 이제 할 일을 하자"

보살님 말이 맞다. 그렇게 둘러봐도 마음에 드는 매물이 없는데 억지로 이사를 갈 필요는 없다. 현재 이 공간을 술도 팔고 책도 파는 술책방에 맞게 리뉴얼을 해보는 방법이 최선일 것이다. 그래, 그럼 리뉴얼을 해야지. 그렇게 마음의 결정을 내렸지만 선뜻 실행에 옮기지는 못했다. 이게 맞나, 술집도 아니고 책방도 아닌 곳이 되면 어쩌나 싶어 확신이 들지 않았기 때문이다. 그리고 말이 쉬워 리뉴얼이지, 해결해야 할 일들이 한둘이 아니었다. 싱크대를 설치하려면 붙박이 책장을 철거해서 옆 벽면으로 옮겨야 하는데 붙박이장 철거업체에 전화를 해보니 벽면에 단단히 고정해놓은 책장이라면 폐기해야 할 확률이 높다고 했다. 겨우 4년밖에 안 썼는데 저 좋은 책장을 폐기한다고요? 첫 문의부터 좌절이었다. 몇 년째 보일러 고장으로 뜨거운물이 안 나왔는데 이제 설거지를 해야 하니 보일러도고쳐야 하고, 화장실 세면대 깨진 것도 교체해야 하고, 냉동고나 음료 냉장고를 놓으려면 전기증설도 해야 한다. 음식업은 소매점과 다르게 정화조 용량이 부족하면 맞게 늘려주는 공사를 해야 할 수도 있고. 환풍기 설치는? 소방시설 설치도 필요하다고 들었는데 그건 뭔데? 공간 도면도 그래서 제출해야 한다던데 도면은 어떻게 그리는 건데? 건축물대장을 검색해 보니 여기는 근린 1종 시설로 되어있던데 음식업은 근린 2종 시설이어야 하는데? 그나저나 주인집 할머니는 건물 지저분해진다고 음식점 안 좋아하시는데 할머니한테는 뭐라고 말씀드려야 하지? 괜히 월세만 올라가는 거 아니야? 무엇 하나 선뜻 시작할 용기가 나지 않았고 뭐부터 해야 할지 몰라서 시간만 흘려보냈다. 평소 친하게 지내던 근처 '초콜릿 책방'에 찾아가 찡얼찡얼 하소연을 했다. '초콜릿 책방'에서도 술과 책을 같이 판매하고 있었던 터라 사장님은 내가 걱정하는 것들을 조목조목 하나하나 설명해 주었다.

"도면 그리는 거 어려운 거 아니야. 도면은 일도 아니고 환풍기도 다이소에서 사서 그냥 달면 돼. 복잡한 듯해도 하나씩 하나씩 하면 어려울 거 없어."

하루에 하나씩 차근차근하면 된다는 말에 용기

가 났다. 오케이! 하루에 하나씩! 우선 주인집 할머니에게 말씀을 드리기로 했다. 맥주와 잔술을 팔고 싶어서 음식점 업종을 추가하고 싶다는 내게 할머니의 첫마디는 "뭐든 해. 뭐든 해서 돈 벌어야지"였다. 다만 기름진 음식만 하지 말라고 당부. 월세 얘기는 꺼내지도 않으셨다. 다음 단계로 구청에 전화해서 물어보니 우려와 달리 이곳은 음식점 개업이 가능한 자리였다. 용기를 내서 액션을 취하니 걱정했던 것들이 별거 아닌 게 되어버렸다. 위생교육을 듣고 영업신고증을 신청하고, 하루에 하나씩 할 일을 하니 정말 일이 순조롭게 착착 진행되어갔다. 단단히 엉킨 실타래를 푸는 방법은 매우 간단하다. 자세히 들여다보고 엉킨 부분을 순서대로 하나씩 풀어주면 된다. 의외로 쉽게 풀리는 부분들이 많아서 생각보다 수월하게 일이 해결될지도 모른다.

4월 말까지 책방 영업을 하고 벼르고 벼르던 공지를 올렸다. 내부 재정비를 위해 3주가량 영업을 중단한다고. 그 3주 사이 나는 내부를 술책방에 맞게 리뉴얼을 했다. 나는 인복이 많다는 보살님의 말대로 이

시기에 필요한 귀인들이 또 '짜잔' 하고 나타났다. 첫 번째 귀인은 독립출판물 제작자인 은경 님. 올 초 직접 인테리어한 은경 님 집에 놀러 갔다가 공간이 마음에 들어서 술책방의 수납장과 파티션 제작을 의뢰했다. 목공도 겸하고 있는 은경 님이 나의 의뢰에 역으로 나에게 목공 보조업무를 제안했다. 제작비에서 내가 일한 만큼 인건비를 깎아주겠다니 안 할 이유가 없었다. 평소 목공에 대한 로망도 가지고 있었던 터라 작업실에 가서 나무 가루를 먹어가며 열심히 샌딩을 했다. 두 번째 귀인은 책방 근처 종종 가던 위스키 바 '카탈리스트' 사장님. 감기 기운이 있는 손님에게 따뜻한 차를 끓여주는 다정한 곳이다. 사장님에게는 술에 대해 배웠다. 술을 입에 들이붓는 법만 알던 내가 위스키 입문 클래스를 통해 좀 더 깊게 술을 배울 수 있게 되었다. 그렇게 귀인들을 만나고 나의 폐와 간을 갈아 넣으며 새로운 술책방 오픈을 준비해 나갔다. 하루에 하나씩 차근차근.

그리고 어마어마하게 많은 쓰레기를 버렸다. 십여 년간 묵은 짐(안 쓰는 가구와 집기류, 안 팔린 달력과 가져가지 않은 무가지)들도 모두 폐기했다. 하루걸러 50리터 쓰레기봉투를 가득 채워 버렸는데도 여전히 버려야 할 것들이 쏟아져 나왔다. 이렇게 많은 짐이 8평 공간에 숨어있었다는 게 신기할 정도였다. 내가 무슨 부귀영화를 누리겠다고 지구에 또 이 많은 쓰레기를 내다 버리고 앉았나 죄스러웠다. 헌 가구를 버리고 새 가구를 들이고, 헌 타일을 부수고 새 타일을 붙이고 헌 블라인드를 버리고 새 블라인드를 설치하고. 헌것 버리고 새것 사는 일을 반복하다 보니 3주간의 시간이 금세 흘러갔다. 넉넉하다 싶었던 재오픈 일까지 시간이 이렇게 빠듯할지 몰랐다. 재오픈 이틀 전 새벽에는 잠을 이루지 못했다. 여전히 쓰레기 집 같은 곳을 하루 만에 다 치울 수 있을 것 같지 않았다. 오픈을 못 할지도 모른다는 불안감으로 바닥에 누운 채 또 울었다. '하루에 한 개씩 하지 말고 두 개씩 할걸. 엉엉.' 그리고 다음 날은 아예 집에 들어가지도 못하고 내부 정리(미처 정리하지 못한 물건들을 구석구석에 모두 욱여넣기)를 하며 밤을 새웠다. 할 일이 많고 분주하니 하품 한 번 나오지 않았지만 그래도 날이 밝았을 때 집에는 들어갔다. 그래도 명색이 손님 맞는 오픈

첫날인데 머리는 감아야지.

"Hello?"

새로운 모습, 새로운 이름으로 공간을 오픈했다. 로고 컬러는 기존 초록색을 버리고 빨간색으로 바꾸었고 손글씨로 'Hello'라고 적었다. 술책방의 이름은 '헬로'. 엄마가 하던 식당 이름이 '굴 나들이'였다. 굴국밥을 팔다가 겨울 한철 메뉴인 게 아쉬워 사계절 내내 먹을 수 있는 메뉴를 추가했고 간판에서 '굴' 자를 빼고 '나들이'만 남기게 되었는데 나도 엄마를 쫓아 '인디북스'를 떼고 이름에 '헬로'만 남긴 것이다. 어느새 엄마 따라쟁이가 된 막내딸이었다. 엄마가 "네가 아주 나랑 똑 닮았네, 히히" 하고 그곳에서 웃고 계시면 좋겠다. 이제 시작이고 앞으로 해야 할 일이 더 많지만 새롭게 단장한 공간에 들어설 때마다 또 하나의 허들을 넘은 것 같아 스스로 대견하다 칭찬해주고 싶다. 한 달 전만 해도 걱정만 하며 한숨만 쉬고 있던 나를 떠올리면 대견하고말고. 걱정 중에서도 특히 돈 걱정, 리뉴얼 예산도 턱없이 부족하거니와 근 한 달을 매출 없이 고정 지출을 감당할 수 있을지 돈 걱정이 가장 먼저 앞섰었다. 그런데 적금 깨고, 주택청약 깨고, 노란우산공제 깨고, 돼지저금통 깨서 소액을 끌어모아 보니 어찌저찌 돈 문제는 해결할 수 있었다. 문득 보살님 말이 떠올랐다. 보람 님은 큰돈은 못 버는데 통장에 돈은 마르지 않는다는 말. 더 이상 통장이 마르지 않도록 이제 매일매일 열심히 술책방을 꾸려나갈 일만 남았다.

그리고 그날의 점사 중 짚고 넘어가야 할 것 한 가지 더! 보살님이 나한테 그렇게 글을 쓰라고 했는데 때마침 사주, 운세 에세이에 관한 원고 청탁이 들어온 것도 신기하지 않은가. 종종 블로그 일기나 쓰며 살려고 했던 나에게 이렇게 생애 첫 신점에 대한 이야기를 풀 수 있는 출판 기회가 생기다니 그 보살님이 참 용하긴 용한가 보다. 하지만 아무리 영험한 무당이고 용한 곳이라 해도 신점이란 게 100프로 다 맞히지는 못한다는 걸 경험을 통해 잘 알고 있다. 올해 새로운 일에 도전하기에 좋고 술을 파는 것도 나한테 잘 맞는다는 점사는 맞을 수도 있고 틀릴 수도 있다. 근데 틀려도 어쩔 수 없지. 결정은 내가 했고 이미 술책방은 오픈 했으니까. 최근에 포춘 쿠키를 하나 뽑았는데 쿠키 속 메시지가 '스스로를 믿어라'였다. 스스로 결정하기가 힘들어서 신점을 보았고 포춘쿠키의 행운도 바라는 사람이지만 보자마자 메시지가 마음에 들어서 책방 서가 중앙에 붙여놓았다. 마치 나를 지켜줄 부적처럼. 내가 40년 넘게 나를 지켜봤는데, 애가 좀 게으르기는 한데 끈기는 있어서 포기는 잘 안 하더라고. 언제는 뭐 사는 게 쉬웠니. 삶이 힘겨워도 지금까지 해왔던 것처럼 자신을 믿고 꾸준하게 매일을 살아가면 돼. 그러다 보면 행복한 순간들이 또 선물처럼 찾아올 테니까. 그러니까 이보라미, 앞으로도 너무 겁먹지 말고 파이팅!

당신이 점 본 사이에

곽민지

처음 신점을 본 것은 이렇게 되는 일이 없나 싶었던 서른여덟 살의 어느 날이었다. 사실 직장인이었을 때는 신점을 보러 가는 사람이 주변에 많이 없었는데 프리랜서 방송작가가 되고 나니 달라졌다. 어떨 땐 일이 밀려오다가 어떨 때는 몇 달간 수입이 제로인 시기도 오는, 말 그대로 '프리'한 고용형태로 지내다 보니 조금이라도 자신의 미래를 안내받고 싶어 하는 사람들이 많았다. 또 일의 성과라는 것도 엄청난 타이밍과 운에 영향을 받는 업계이다 보니, 잘나가는 방송작가나 피디 선배들에게는 친한 무당이 있었다. 그 무당들 덕에 잘됐다기보다는, 그 정도로 잘나가는 시기가 오면 방송 일이 노력만으로 성과가 나는 업계가 아니라는 것을 인지하고 온갖 수단 방법을 가리지 않고 잘될 방법을

37

공격적으로 찾게 된다는 게 적절한 해석일 테다.

작가 일을 시작한 지 얼마 안 됐을 때의 일이다. 프로그램 제목 회의를 하다가, 세 개로 추려진 제목 중 최종적으로 어느 것을 고를지 투표를 시작했다. 메인 작가 선배가 그 세 개를 무당에게 전송했다. 모두가 무당의 한 표를 기다리던 그 순간, 답장이 왔다. "네 글자여야 할 것 같아. 지금 보내준 건 다 다섯 글자네."

곳곳에서 아, 하고 터져 나오던 탄식. 여기까지 오는 것도 지난했는데 다시 회의를 해야 하다니. 하지만 안 들었다면 모를까, 어딘가 불운할 것 같은 한 톨의 가능성도 남기고 싶지 않았던 우리는 조금 더 회의를 이어갔다. 사실 이미 세 개의 제목이 비슷한 득표수였다는 것 자체가 썩 마음에 드는 제목이 없다는 방증이기도 해서, 무당 때문에 프로그램이 좌지우지된 것은 아니었다. 오히려 이것저것 애매하던 차에 무당 눈에도 꽂히는 게 없나 보다 싶은 생각이 들어 마음 어딘가에서는 안도했던 것도 같다. 너무 오래전 일이라 결국 최종 제목 결정에 무당이 관여했는지까지는 기억나지 않지만, 당시 막 일을 시작한 나는 방송가의 비밀에 접근한 기분이 들어 조금은 흥분됐던 기억이

난다.

그러고 나서 몇 년이 지나, 해외에서 촬영하는 프로젝트를 진행하던 시기였다. 출국이 임박할 때까지 너무 많은 할 일이 남아있어서 모두가 동태 눈알을 하고 사무실에 있었다. 가까스로 필요한 의사결정을 하면서 최종 대본을 다 함께 검토하고 촬영 계획을 세우던 중, 메인 피디님이 자리에서 일어났다.

"나 지금 점을 보러 좀 가야 해."

지금요? 당장 내일 출국인데도 정리 안 된 안건이 수두룩한데? 하지만 그의 표정은 너무나도 비장했다. 마지막 촬영 계획이야 누가 정리해도 상관없지만, 프로그램 촬영 나가기 전에 점을 보는 것은 절대 빼먹을 수 없다는 거였다. 어떤 걸 조심해야 하는지, 전체적인 운은 어떤지를 보고 와야 한다고 했다. 남은 안건들은 후배 피디와 작가들이 알아서 의사결정 하라면서, 자신은 촬영 전에 점을 치는 것이 너무나 중요하다고 했다. 마치 적장의 목을 베러 혼자서 침투하는 기사처럼, 이것은 매우 숭고한 것이며 무엇보다 메인 피디로서 프로그램을 위해 싫어도 해내야 할 매우 중요한 업무라는 말투였다. 그때도 제목 회의하던 그날처럼, 어처

구니없으면서도 막으면 불운이라도 끼어들려나 싶은
마음에 어딘가 찝찝해져서 잡지 못했다.

　무당과의 접선을 위해 마지막 회의를 포기한 그
를 해외 촬영지에서 다시 만났다. 촬영 전날 그렇게 떠
나버린 것에 대해 볼멘소리를 할 겸, 호기심도 충족할
겸 점사 결과를 물었다.

　"피디님, 그래서 무당이 뭐래요?"
　"뭐… 잘된대. 우리 프로 잘된대."
　"그게 다예요?"
　"그렇지 뭐."
　"근데 표정이 왜 이래요, 뭐 있는데?"
　"아니야…."
　"아 뭔데요."
　"음… 근데 촬영 나가서 고생을 한대. 진짜 세상
이런 고생이 없대."
　"해외 촬영이 다 고생이지 뭐. 하나 마나 한 얘기
듣고 오셨네."
　"아니야. 진짜로 진짜로 고생한대. 근데 돈은 많
이 번대."

그는 연출 겸 제작사 대표였고, 제작사에 수익이 많이 남는 프로젝트라는 건 들어서 알고 있었다. 당시 나를 포함한 작가들 역시 다른 프로그램보다 작가료가 쏠쏠하다는 점 때문에 이 프로젝트를 골랐으니까. 굳이 점을 보지 않아도 다 아는 얘기를 했구만. 저런 실없는 소리나 듣겠다고 중요한 최종 회의를 안 오다니. 숨기지 않고 투덜대면서 각자 위치로 돌아갔다.

촬영은 정말로 힘들었지만 어느 정도는 예견된 결과였다. 어떻게 보면 피디님이 점을 보러 간 이유도, 우리가 출국 전날 점이나 보러 간다는 동료를 막지 못한 것도 이미 모든 게 혼돈 속에 있었기 때문이다. 그런데 예상하지 못한 곳에서도 문제가 계속 터졌다. 갑작스러운 비로 촬영이 변경됐을 때는 그럴 수 있겠다 싶었지만 문제는 그다음부터였다. 전례 없는 기상이변으로 동남아에서 패딩을 껴입어도 추운 날씨가 됐고, 제작진이 묵었던 호텔을 비롯해 해당 도시 대부분의 숙박 시설은 사계절 더운 현지 날씨에 걸맞게 난방시설이 아예 안 된 곳이라 가져온 옷을 다 껴입고 자도 이빨이 떨릴 만큼 추웠다. 덕분에 돌아가면서 감기에 시달렸다. 촬영 협조를 약속했던 장소 점주가 갑자기 마음을 바꿔서 펑크 직전까지 가기도 하고, 퀴즈 정답을 체크해야 했던 통역 담당자가 멍 때리는 바람에 퀴즈 승패를 몰라서 방송 분량이 날아갈 뻔한 위기도 있었다. 출연진 중 한 명은 갑자기 수영하다 선글라스를 계곡에 떨어뜨렸다며 제작진이 찾아내라고 해서 모두를 미치게 했고, 제작진 중 한 명이 현지 코디네이터에게 무례한 말투로 촬영과 무관한 개인적인 심부름을 계속 시키는 바람에 소중한 인력 하나를 잃을 뻔하기도 했다. 해외 촬영에서 언제든 일어날 수 있는 일반적인 일이라기엔 너무 예외적인 일들이 릴레이처럼 이어지고 있었다. 신기한 것은, 이 모든 걸 무당이 내다봤다고 생각하니까 오히려 눈앞에 닥친 일만 하게 되더라는 사실이다. 피디님이 그러는데 무당이 우리 촬영되게 힘들 거라고 했대. 그게 이건가 봐. 모두가 그 얘기를 하면서 단체로 체념하게 되었다. 벌어질 일이 벌어졌을 뿐이라고 생각하니 과도한 후회도, 억울함도 들끓질 않았다. 온갖 풍파를 맞으며 하루하루를 버텨내던 차에, 대기시간에 마주친 피디님이 허탈한 표정으로 말을 걸어왔다.

"민지야, 돈도 많이 못 버는데 힘든 직종을 3D 직종이라고 하잖아. 나처럼 돈은 잘 버는데 이렇게 개고생하는 직업은 뭐라고 하냐."

"그건 그냥… 대가라고 하죠. 개고생하는데 돈이라도 잘 벌면 해피한 거 아니에요? 제가 좀 더 고생하는 것 같은데 피디님이 더 벌잖아요."

"그러냐. 아, 너무 힘들다. 힘들어도 너무 힘드네."

"액땜할 거 다 했어요. 프로그램만 잘 나오면 되지 뭐."

이 이상 고생할 순 없을 거라 생각했다. 그러나 현장 진행비로 환전해 가지고 있던 외화 3천만 원 상당을 도난당했을 때 우리는 신…, 아니 신령님을 믿게 되었다. 우리는 이제 벌어질 일이 벌어졌다는 체념에 그치지 않고, 프로그램이 일단 나오고 나면 잘된다고 했다는 말만 새긴 채 어금니 꽉 깨물고 달렸다. 메인 피디님의 인생에서 손에 꼽을 법한 고생이지만 제삼자인 나로서는 차마 책에 적을 수 없는 일도 이어졌고, 프로그램은 정말로 잘됐다.

일련의 일들을 겪고 나니 나는 종교가 있는데도 신점을 믿게 되었다. 물론 모든 게 다 우연일 수 있지만, 워낙 여기저기 자석처럼 달라붙은 에피소드가 연결되고 나니 너무나 강렬한 이야기가 돼버려서, 혹하는 대로 듣고 원하는 대로 믿게 되었다. 무당이 사람들의 운명을 바꿀 수 있을 거라곤 여전히 생각하지 않지만 적어도 근거리에 일어날 뭔가를 보긴 보는구나. 그리고 그걸 믿게 됨과 동시에, 신점만은 절대 보지 않기로 마음먹었다. 앞서 기술했듯 프리랜서나 자영업자는 연차가 쌓일수록 오히려 모든 요인을 파악하고 싶어서 더 찾는다지만, 나는 같은 이유로 가기가 꺼려졌다. 불확실성이 기본값인 삶을 살면서 누군가가 내 미래를 예측하거나 과거를 해석하면서 이 모든 게 어느 정도는 정해진 수순일 뿐이라는 말을 하면 지금까지 달려온 삶이 무의미해질 것 같았기 때문이다. 나는 모든 걸 내 노력으로 쟁취해왔다고 믿었고 그걸 해낸 스스로가 자랑스러웠는데, 원래 내가 잘 풀릴 시기여서 그랬던 게 돼버리면 앞으로 일을 해나갈 동력이 사라지리라는 확신이 들었다.

그랬던 나에게, 코로나19 시국 전후로 최악의 상

황이 이어졌다. 코로나19가 터지기 수개월 전까지만 해도, 밥 먹을 시간도 없을 만큼 일이 쏟아지고 모든 게 잘되었던 나는 앞만 보고 달리느라 스스로를 돌보지 못했고, 번아웃이 극심해져 더 이상 일을 할 수 없게 되었다. 일을 쉰 지 얼마 안 돼서 코로나19가 들이닥쳤고 방송 제작이 모두 멈췄다. 다시 일할 에너지를 겨우 충전했을 때는 들어갈 프로그램이 없었다. 기고나 팟캐스트를 통해 들어오는 소소한 부수입은 있었지만 내 수입 대부분을 차지하던 방송 일은 1년에 하나 할까 말까 한 상태가 되었다.

　작가 일을 시작한 후로 일이 끊긴 적이 없었던 나는 초반에 이런 상황을 대수롭지 않게 여겼다. 대수롭지 않게 여긴 탓에 백수 기간이 길어진 걸지도 모른다. 결국은 이것도 사주 탓인지도. 간혹 사주를 보면 인생에 크게 고생할 일이 없다는 이야기를 늘 들어왔다. 사주풀이를 할 줄 몰라서 자세한 건 모르지만 사주에서 성향을 볼 때 중요하게 생각하는 다섯 가지가 다 들어있다나. 돈 걱정 역시 크게 안 해도 된다고 했다. 씀씀이가 문제이기는 하지만 쓴 만큼 또 들어오기도 한다고. 물론 일은 평생 해야 한다고 했다. 그런데 돈도 그만큼 들어오니까 억울해할 필요가 없다고 했다. 그런 의미에서 결혼은 추천하지 않더라. 결혼하면 남편이 착하기는 하지만 어차피 돈은 너 혼자 다 벌어야 한다고, 굳이 사람 부양하면서 살 이유는 없으니까 결혼이 꼭 하고 싶으면 하되 스트레스는 받지 말라고. 비혼주의자인 나에게는 고마운 말이었다. 특히 내가 결혼하길 바랐던 엄마에게 나는 늘 이 이야기로 불편한 대화에서 빠져나올 수 있었다. 사주상 결혼으로 득을 못 본대. 남의 새끼 부양하는 것밖엔 안 된대. 차라리 돈 벌면 엄마 아빠 용돈을 더 드릴 테니 사위 볼 꿈은 접으셔. 반면에 하고 싶은 도전은 원 없이 했다. 회사도 관둬보고, 가진 것도 없으면서 여행도 자주 가고, 이것저것 취미생활도 해보고. 경제관념은 또 없어서 돈을 모으기는커녕 일단 지르고 갚는 방식으로 살아왔는데, 이게 또 매번 갚아졌다! 생각 없이 살아오면서 큰 행운도 없었지만 치명적인 비극도 없었고, 그래서 일이 없는 나날들이 이어졌어도 위기감이 없었다.

그러던 어느 날 문득, 자각이 들었다.

'나… 망하는 중인 것 같은데?'

이미 정신 차리긴 늦었을지 모른다는 걸 눈치챈 후 여기저기 일자리를 수소문하기도 하고, 내가 아직 일하고 있지 않다는 걸 어필하면서 자구책을 찾으려 애썼다. 하지만 뾰족한 수가 나질 않았고, 무엇보다 그렇게 살아본 경험이 없었던 나로서는 어디서부터 어떻게 해서 이 위기를 타개해나갈지 막막해졌다. 그러던 어느 날, 친구가 신점 이야기를 했다. 계속해서 고시에 도전하던 지인이 용하다는 점집에 갔는데, 무당이 지금 하는 도전엔 가망이 없다는 취지의 이야기를 해서 빨리 정리하고 다른 일을 시작할 수 있었다는 것.

물론 내가 찾아갔다가 그런 말을 들으면 어떻게 이겨낼지 자신은 없었지만, 어쨌거나 길어지는 막막한 상황에 누가 말이라도 얹어주길 바랐다. 일 안 풀린다고 신점 보러 가는 작가에 나까지 합류하게 될 줄은 몰랐지만, 이제는 뭐라도 해야 할 것 같았다. 알량한 신념 때문에 이 답답한 마음을 누른 채 점 한 번 안 보고 사는 게 오히려 내 삶에 대한 무책임이라는, 궤변에 가까운 생각마저 들었다.

점을 보기로 했다. 재미로 친구들과 사주 카페에 가는 건 잡지 뒤의 별자리 운세를 뒤적이는 것처럼 심신이 손쉬운 일이었지만 신점은 달랐다. 점집을 찾는 과정, 찾아서 예약을 하는 과정, 점집까지 가는 과정, 가서 무당 앞에 앉아 이야기를 시작하는 그 모든 과정이 속 쓰렸다. 인생이 힘들다고 신점 보러 가는 사람, 내가 생각하는 가장 한심한 인간상이 내 새로운 정체성이었다.

점집에 진입해 인적사항을 써넣은 후 잠시 대기하다가 방으로 들어갔다. 코로나 시국이어서 무당과 나 사이에 아크릴판이 있었다. 복채는 빚내는 거 아니라는 이유로 카드 결제가 안 된다고 해서 현금을 찾아갔는데, 계좌이체는 되는 건지 옷가게처럼 입금 계좌가 적혀있었다. 내 인적사항이 적힌 종이를 내밀고, 종이를 읽어보는 무당의 얼굴과 종이를 번갈아 바라보며 눈치를 봤다. 신성모독일 줄 알면서 말하자면, 신점을 보는 것은 가톨릭 고해성사처럼 느껴졌다. 스스로의 노력으로 내 삶을 구해낼 의지도 능력도 없음을 고백하는 자리. 매주 미사에 가진 않아도 어쨌거나 가톨릭 신자인 나로서는 신점을 보러 간 것이야말로 나중에 고해성사해야 할 일이겠지만. 나는 여러모로 죄지은 사람 모드가 되어서, 드라마의 단골 대사를 무당에게 뱉었다.

"저는 언제쯤 잘 풀릴까요?"

이 질문에서 이미 나의 현 상황은 공유한 거나 마찬가지건만, 무당은 내게 대운이 들어와 있다고 했다. 대운은 개뿔. 1년째 일이 없어서 여기 와 있는 건데. 내년쯤엔 잘 풀릴 거라고 했다. 돈도 잘 벌고, 건강에도 문제가 없고, 어쩌고저쩌고. 그럼 지금은 왜 이렇게 힘든 거냐고, 일도 돈도 없고 끝없이 우울하다고 말했더니 무당은 고개를 크게 끄덕이면서 말했다.

"쓰레기 타는 기간이라서 그래."

원래 대운이 들어오기 직전에는 바닥을 치는 시기가 있다는 것이다. 어떤 사람은 교통사고가 나기도 하고, 주변 사람 누가 죽기도 하는데 우울증이면 아주 땡큐한 줄 알라면서. 너무 간절하게 일 찾지 말고, 고고하게 기다리고 있으면 좋은 일이 들어올 거라며 나는 돈 걱정할 운명이 아니라고 했다. 돈 걱정할 운명이 아니라는 말을 돈 걱정해서 온 사람한테 잘도 하는군, 이라고 생각하는 나와, 너무 듣고 싶었던 말이라서 뛸 듯이 기쁜 내가 엉덩이 두 짝처럼 동시에 앉아있었다.

"잠시만, 너 뭐 주워왔니?"
"아니요. 저 그런 거 안…."

중고거래를 평소에 안 하는데, 당시 임시 보호 강아지를 맡으면서 했다! 강아지 목욕에 필요해서 간이 욕조 나눔을 받아왔었다. 무당은 그 말을 듣자마자 지금 대운 들어올 중요한 시기에 누가 들어갔는지도 모르는 욕조를 얻어왔느냐고 호통을 쳤다. 나는 당장 버리겠다고 하고, 그 외에도 몇 가지 버려야 할 물건에 대한 설명을 들었다. 전체적인 점사 결과를 요약하면 곧 잘될 거니까 고생스러워도 쓰레기 탄다 생각하고 버티라는 거였다.

조금 더 마음을 잡고 기다려보기로 다짐하면서 점집을 나왔다. 무당이 버리라던 신발과 나눔 받은 욕조를 처분하고, 무당이 챙겨준 쑥을 태워서 집 안 구석 구석을 방역(?)했다. 대운 들어올 거라더니 하라는 조치가 많군, 하고 생각하는 나와, 정말로 집안을 스모그처럼 잠식하던 우울함이 향 냄새와 함께 사라지기를 간절히 바라는 내가 또 엉덩이 두 짝처럼 앉아있었다.

그 후로도 크게 잘되는 일은 일어나지 않았다. 이후 무당이 알려준 시기에 제안이 들어오기는 했지만 지난한 노동에도 불구하고 프로그램은 결국 편성되지 못했고, 가습 되어 집안을 떠다니는 우울도 계속되었다. 다만 불운한 일이 일어날 때마다, 나는 변태같이 무당의 말을 떠올리며 입꼬리를 올렸다. 쓰레기 타는 중이군. 이상의 시처럼, "제13의 쓰레기가 타고 있소" 하면서 이 실패의 릴레이를 정통으로 받아들였다. 쓰레기 타는 기간이라는 게 내 운명이 쓰레기 위에 올라탔다는 의미인지, 쓰레기가 불에 타고 있다는 뜻인지는 알 길이 없었지만 그저 나는 거대한 성공의 카운트다운으로 받아들이기 시작했다. 이것을 아이브의 긍정천재 장원영 씨의 마인드에 접목한다면, "또 쓰레기 같은 일이 생기다니, 대운이 임박한 기분이어서 럭키비키잖아~" 정도가 되겠다. 옛날에는 무당이 동네 심

쓰레기 타는 중이군

리상담가 역할을 했다던 말이 실감 났다.

그다음 해에도 기대하던 성과는 오지 않았다. 교통사고도 세 번이나 났다. 쿵, 쿵, 쿵. 세 번의 사고 내내 나는 무당적 사고로, 제14의 쓰레기, 제15의 쓰레기, 제16의 쓰레기가 다가왔다고 믿었다. 내 대운은 그렇게 끝없이 대기표만 발급하며, 불운 뒤에 올 빅찬스를 기다렸다.

그러던 중 친구가 또 다른 용한 무당을 만나서 내 사진을 보여줬는데, 그 무당이 나를 두고 "마흔한 살에 대박이 터질 것"이라 말했다고 한다. 그해 서른아홉이었던 내게 대운은 또다시 마흔한 살로 멀어졌고, 현재 나는 마흔 살에 와 있다. 이쯤 되니 대기 줄이 긴 맛집 주인이 인플루언서 자리는 몰래 따로 내어주듯이, 누군가 내 대기 줄 앞으로 무한히 새치기를 하나 싶어지는 것이다. 나는 여전히 쓰레기를 타고 있다. 어린 시절 동네에 있었던 쓰레기 소각장처럼, 상시로 타고 있다. 잊을만하면 누군가 와서 땔감 겸 쓰레기를 던져넣어 불씨를 살린다고 느끼는 날들도 있다. 쓰레기 탄 지 3년 차, 이제 나는 타들어 가는 나의 불운과 대결하는 수준으로 의욕을 불태우면서 일하는 중이다.

어떻게든 돈 나올 구멍을 찾겠다며 여기저기 공모전에도 참여하고 시에서 진행하는 자영업 관련 강좌도 듣기 시작했다. 예전 같았으면 하지 않았을 도전들이다. 하지만 이판사판인 나로서는 마흔한 살 대운설을 붙들고, 지금 뭐든 시작해놓으면 마흔하나에는 뭐 하나가 터질 거란 믿음을 가지고 오랜만에 새로운 일들을 기획하고 있다. 해외 촬영장에서 지뢰밭처럼 온갖 사건들이 펑펑 터질 때 프로그램 대박의 징조라 되뇌며 밥을 밀어 넣던 그날처럼, 우리는 잘될 거니까 여기서 무너지지 않고 앞으로 가는 수밖엔 없다고 믿으면서.

그러던 중 서울의 독립서점 '스토리지북앤필름'에서 원고 청탁을 하나 받았다. 편지 한 통을 써달라는 거였는데 익명의 수신인에게 보내는 편지 형식의 판매용 에세이였다. 편지를 쓰고 인쇄해서 밀봉한 상태로 입고해달라고 했다. 무슨 이야기를 쓸까 하다가, 나라면 받고 싶을 편지를 쓰기로 했다. 봉해진 편지를 열어서 읽는 물성의 특성을 살려 천기누설을 하는 내용이어도 좋겠다는 생각이 들었다.

편지는 여름에 판매될 예정이었다. 다가올 미래에는 다 잘될 거라는 이야기를 해주고 싶었는데, 잘될 시기를 고민하다가 겨울로 정했다. 점쟁이들이 내년 혹은 내후년에 잘된다고들 말하는 이유를 알게 되었다. 금방 다가올 미래를 긍정적으로 내다보자니, 사실상 결판 난 미래들이 존재하기 때문에 리스크가 컸다. 겨울쯤엔 좋은 일이 생길 거라고, 어떤 좋은 일이 생길지를 구체적으로 써 내려갔다. 여름의 습도와 태양으로 불쾌할수록 딱 그만큼 겨울에는 행복한 일들이 생길 거라고. 그러니 여름의 불쾌감을 감지할 때마다 다가올 겨울을 기대해도 좋다고. 아주 단정적인 문장으로 썼다. 이런 일이 생깁니다. 당신에게 이런 행운이 예정되어 있습니다. 위로는 조심스럽게, 축복은 단정적으로. 당신의 삶은 잘되도록 설계돼있어. 당신이 그사이에 불안감에 떨지 않도록 내가 정보를 흘려주는 거야. 지금 나와 같은 여름을 통과하고 있는 사람이 있다면, 그 알량한 확언으로 몇 달간을 견딜는지도 모른다. 내용도 모르고 봉투만으로 선택한 한정판 편지에 그런 내용이 있다면 믿어도 될지도 모른다고. 그런 메시지가 필요 없는 충만한 상태의 사람들은 그저 선량한 허언으로 흐뭇하게 읽어주면 좋겠고, 그런 말 한마디가 절실한 사람들에게는 큰 의미로 와닿기를 바라면서.

사이비종교의 성립 조건과 해악성을 단번에 이해하게
되는 순간이었다.

　동시에, 이것이야말로 내가 신점을 처음 보러 갈
때의 마음이었다는 것도 깨달았다. 무당이 뭔가를 해
결해주길 기대하지는 않았지만, 나는 내가 보지 못하
는 영역을 보는 누군가가 어느 쪽으로든 단정적인 말
을 해주길 바랐다. 이 길은 너의 것이 아니니 그만 기
웃거리고 다른 곳을 찾으라는 말이든, 곧 잘될 거니까
조금만 더 기다리라는 말이든, 아니면 지금과는 다른
방식을 시도해보라는 말이든. 나 혼자서도 그 셋 중
무엇이든 결심할 수도 있었을지 모르지만, 스스로에
대한 믿음이 무너질 대로 무너진 나는 타인의 입에서
나오는 말이 필요했다. 곧 잘될 거라는 말을 듣고 지금
껏 쓰레기 타는 시간을 걷는 사이, 대운이란 게 안 올
지도 모른다는 막연한 생각도 없지 않다. 하지만 결국
내가 믿기로 한 말을 들여다보다 알게 된 것은, 나는
계속 버티고 싶어 한다는 것이다. 그 잘난 대운이 오
지 않는대도 사랑하는 일을 쉽게 포기하고 싶지 않다.
계속 콘텐츠를 만들고, 재미있는 사람들을 발굴하고,
다인원의 동료들과 지지고 볶으면서 함께 고생하며 서

로 붙잡고 울고 웃고 싶다. 대운이 왔으면 좋겠다는 마음보다 스스로 할 만큼 했다고 느낄 때까지, 너덜너덜해질 게 뻔하더라도 끝까지 버텨보고 싶어 한다는 걸 뒤늦게나마 깨달았다. 내가 이 업을 얼마나 사랑하는지 이런 과정을 통해 알고 싶지는 않았는데.

화투는 재미로 치라던 타짜 대사처럼, 점집도 필요한 말을 수집할 목적이라면 추천한다. 만약 당신도 인간의 노력만으로는 더 이상 이 상황을 타개해가지 못할 거라는 불안 속에서 꼭 필요한 말이 있어 이 책을 집어 들었다면, 다음 중 원하는 말을 고를 수 있도록 나열해드리는 것으로 이 이야기를 맺고자 한다. 하고 많은 문장 중 유난히 꽂히는 것이 있다면, 그것이 당신의 미래라고 확언하면서.

그 새끼는 반드시 망합니다.

당신을 미치게 하던 사건은 6개월 이내로 정리되고,
엄청난 행복이 12개월 이내에 찾아와서 해당 사건은
기억조차 나지 않게 됩니다.

지금 안 헤어지면 내년에 헤어지는데, 내년에
헤어질 때는 지금 정도 피해로 안 끝나니까
지금 정리하세요.

올해 안에 잘생긴 사람 만나서
행복하고 안전한 연애를 합니다.

올해 안에 예쁜 사람 만나서
행복하고 안전한 연애를 합니다.

속 썩이던 부모님이 3년 이내에 정신을 차립니다.

돈은 쓰는 만큼 들어오고 쥐고 있으면 엄한 데
빼앗기니까 일단 여행이라도 떠나세요.

당신이 좋아하는 친구들이
모두 당신을 좋아합니다.

친구들과 함께 즐겁게 늙어간 후 마지막까지
할 말 다하고 사랑 속에서 떠납니다.

내년에는 일 잘하고 분란을 만들지 않으면서,
내 성과 가로채지 않는 동료들과 일합니다.

내년부터 다양한 클라이언트로부터 연락이
쇄도하는데 누굴 골라도 젠틀하고 합리적인데
돈도 잘 주고 입금 날짜도 칼같이 지킵니다.

앞으로 6년 동안 60년간 쓸 돈 법니다.

내 최애가 선량하게 돈 벌면서 커리어 하이 갱신하고
개인적인 삶에서도 행복하게 지냅니다.

당신과 사는 반려동물은 무병장수하며,
고통 없이 당신 품에서 잠들 듯이 떠납니다.

마주치는 길냥이 모두 무병장수합니다.

팔로우하는 보호소 동물 모두가 입양 가서
평생 가족 집에서 사랑받고 지냅니다.

당신보다 먼저 떠난 모든 생명은
그리움도 고통도 없는 영원한 평안 속에
지내고 있으며 당신의 생이 끝나면
반드시 다시 만납니다.

사주, 좋아하세요

이진송

"그런 사주는 있을 수가 없어요."

점사를 본 지 20년이 넘은 무당과 갓 신내림을 받은 그분의 딸을 만난 자리였다. 사주 이야기를 하다가 별생각 없이 내 사주는 어떻다고 말했다. 두 사람은 진지한 얼굴로, 그리고 단호하게 고개를 저었다. 아마 뭔가 잘못 알고 있을 거라고. 제대로 봐주겠다며 만세력 앱을 켠 두 사람은 얼굴을 가까이 붙이고 휴대폰 하나에 시선을 집중했다. 내 생년월일시를 입력한 순간 두 사람은 화들짝 놀랐다. 그 모습이 꼭 잎을 건드린 미모사 같았다. 20년 동안 점사를 봤지만 이런 사주는 또 처음 본다는 말에, 나는 의기양양하게 으스댔다. 제 말이 맞죠? 왜 으스댔느냐면, 그때까지는 사주가 희귀하면 무조건 좋은 줄 알았기 때문이다. 리미

티드 에디션이라거나, 전 세계에 딱 10대만 있는 슈퍼카라거나 뭐 그런 느낌으로.

"그래도 전국에 저랑 같은 날 같은 시간에 태어난 사람들이 분명히 있을 텐데. SNS로 한 번 모집해볼까요?"

한창 즉흥적인 모임을 만드는 재미에 빠져 있던 때라 그런 농담을 던졌다.

"별로 없을 거예요."

"왜요?"

"죽거나, 감옥에 갔을 테니까요."

…네?

약간 압도된 나는 입만 딱 벌리고 있었다. 모녀는 호기심 어린 눈길로 나를 바라보면서도, 오랜 헌터 생활 끝에 새로운 마법의 생물을 발견한 베테랑처럼 차분하게 말했다.

"이렇게 많은 게 그래도 토(土)라서 다행이에요. 불이거나 금만 여덟 개였으면, 안에서 불이 나거나 자기들끼리 부딪쳐서 못 살았지."

그리고 덧붙였다.

"10년에 한 번씩, 진송 씨가 어떻게 사는지 알려 줄 수 있어요? 이런 사주를 가진 사람은 어떻게 살지 너무 궁금한데. 나도 표본이 없어서요."

인연은 흐르는 법이라, 10년이 지난 지금은 그분 들과 연락이 닿지 않는다. 하지만 소설의 한 장면처럼 조명, 온도, 습도까지 또렷한 그날의 기억이 떠오를 때 면 나는 혼자서 중얼거리곤 한다.

저는 평범하게 살고 있습니다.
다행히 아직 죽지도, 감옥에 가지도 않았어요.

인간의 가장 강력한 행동의 동기는 무엇인가. 단연 '답답함'과 '빡침'일 것이다. 괜히 '제일 싼 곳을 찾다가 사장님이 직접 차린' 어쩌구 하는 간판이 많은 게 아니다. 나 역시 마찬가지였다. 어느 겨울, 나는 서울 북촌의 조그만 한옥에 처음 보는 사람들과 옹기종 기 모여 앉아 있었다. 인스타그램을 떠돌다가 우연히 맞닥뜨린 '원데이 사주 워크숍' 광고를 홀린 듯 클릭하고, 신속하게 신청과 입금을 마친 차였다. 참가자들은 돌아가면서 자기소개를 하고, 참가 동기를 밝혔다. 이윽고 내 차례가 되었다.

"제 사주가 좀 특이한데요. 보러 가는 데마다 말이 달라서… 그냥 제가 직접 보려고요."

사주명리학의 기초를 익힌 후 자기의 사주를 풀어보는 시간이었다. 낑낑대며 배운 것을 적용해보는데, 한 명 한 명 굽어살피던 선생님이 내 사주와 얼굴을 번갈아 보더니 이렇게 말했다.

"이게 진짜… 사주예요?"

'진짜 사주 가짜 사주 따로 있나♬ 해석하기 나름이지 요즘 사주♬~'목구멍까지 올라온 농담을 꾹 눌러 삼키고, 고개를 끄덕였다. 진지한 얼굴로 내 사주를 들여다보던 선생님이 말했다.

"진송 씨는… 사주풀이가 별로 의미가 없겠네요. 차라리 별자리나 이런 쪽으로 보시는 게 더 잘 맞을 거예요."

아무래도 그렇죠? 예상했다는 듯 나도 따라 웃었다. 사주명리 또는 사주팔자라고 불리는 사주는 음양오행과 사람이 태어난 연월일시의 간지를 바탕으로 하는 학문이다. 보통의 사주명식에서 오행인 수(水),

66

목(木), 화(火), 토(土), 금(金)은 혼합되어 나타나고, 그 각각의 조합과 역동으로 사주를 '본다'. 그중에서 특정 오행이 강한 사주를 외격이라고 한다. 이런 사주는 개성이 강하고 성패가 극명하다고 한다. 모 아니면 도인 셈이다. 그런데 내 사주에는 흙 토(土)자만 여덟 개이다. 하나의 기운이 강한 것을 넘어 하나만 있는, 한 놈만 패는(!) 내 사주는 일반적인 사주의 문법으로 해석하기에 적합하지 않을지도 모른다.

사주를 많이 보러 다닌 건 일종의 도장 깨기였다. 내 사주 구경할래요? 이런 거 처음 보죠? 어디, 실력 한 번 볼까? 어딜 가나 아연실색하는 반응을 얻기 일쑤였지만 (취미 삼아 사주를 공부했던 친구는 내 사주를 보더니 '내가 감히 풀 수 있는 사주가 아니다'라고 기권했다.) 역시나 예외는 있었다. 한 사주 카페에서 만난 선생님은 심상찮은 기운이 느껴지는 노년의 여성이었는데, 그는 내 사주를 보고 눈을 지그시 감은 채 가만히 있다가 배시시 웃었다.

"귀여워라. 개그맨 사주네."

앗, 정말요? 문득 코를 찡긋하며 귀여운 척을 하

내 사주 구경할래요?

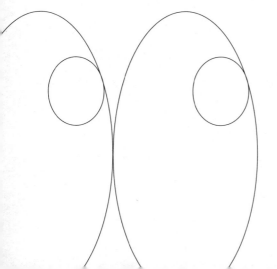

고 싶어졌다. 모두가 피하는 흉포한 드래곤이 처음 턱 밑을 쓰다듬는 손길에 무장해제 되는 느낌? (용에 비유한 이유는 용띠라서) 이 선생님은 앞으로 글 여기저기서 소환될 예정이니, 호칭을 하나 정해두고자 한다. '태 선생님' 정도가 적절하겠다.

다른 데서는 대부분 극단적이고 험악한 사주라며 풀기를 거부하거나, 좋은 말을 듣기 힘들었다. 죽음, 이혼, 독불장군, 유아독존, 평생 외로운 팔자…. 하지만 태 선생님의 해석은 좀 달랐다. 일반적인 발상을 전환하거나, 대다수와 정반대의 풀이를 내놓기도 했다. 그래서 다른 데서 안 좋은 사주라는 말을 들은 친구들을 여럿 데리고 와서 소개했다. 긍정적 해석을 들은 친구들은 밝은 얼굴로 돌아갔다. 여러 이유가 있겠지만, 그가 여성이라는 사실도 한몫했을 것이다. 이렇게 사주를 보러 다니는 여정은 사주라는 형식을 빌려, 내가 삶과 인간을 인식하고 사유하는 틀에 영향을 미쳤다.

사주의 매력은 단연 스토리텔링이다. 사주명식을 통해 개인은 어떤 상황에 놓인 하나의 자연물로 비유된다. 인상적이었던 사주풀이를 몇 개 예로 들자면, "사방이 물로 둘러싸여 있는데 거기 조그만 촛불이 하나 켜져 있어. 꺼질락 말락, 근데 용케 안 꺼지지. 그게 너야." "한겨울에, 꽁꽁 얼어붙은 땅 밑에 졸졸 흐르는 물." "흙 속에 파묻혀 있는 보석." "한여름에 무성하게 가지를 뻗은 큰 나무구나. 모두가 네 그늘 밑에서 쉬고 가려고 하네." 크으, 날 때부터 태몽이라는 지극히 한국적인 계시를 받고 태어나는 민족이 설렐 수밖에 없는 접근이다. 나의 일주는 기토(己土)로, 넓고 기름진 들판이자 농사를 지어 열매를 수확하는 밭의 이미지이다. 다소 내셔널 지오그래픽의 내레이션 같은 재미가 있는 태 선생님은 나의 사주를 이렇게 풀이했다.

"찌는 듯이 더운 한여름에, 끝도 없이 펼쳐진 평야네. 농사를 지어야 하는데 한낮이라 너무 더워. 그러니 나무 밑 그늘에 드러누워서 아이구 저 일을 언제 하나, 언제 하나, 생각만 하고 빈둥거리다 하루가 다 가지. 그러다 서산에 해가 뉘엿뉘엿 지면 그제야 놀라서 벌떡 일어나 남들이 하루 종일 하는 양을 순식간에 후다닥 해치우고 덜렁덜렁 돌아오는 꼴이야."

미루기의 제왕, 벼락치기의 달인, 태어난 지역을

설정할 수 있다면 산둥반도가 아닌 빈둥반도에서 태어
났을 여성, 번갯불에 콩을 볶아 먹다 못해 가끔 번개
에 튀겨지는 콩 그 자체가 되어버리는 나의 삶을 이렇
게나 정확하게 간파하다니. 댄스 배틀이었으면 신발을
던졌을 것이다. 훗날 미루는 사람들을 위한 팟캐스트
〈밀림의 왕〉을 만들며 나는 자기 자신을 정당화한다.
팔자 자체가 미룬다잖아. 그래도 해 지면 한다니까? 하
지만 MBTI든 별자리든 사주든 신점이든, 인간에 대
한 해석이 100프로 맞을 수는 없다. 과학이 발달해 사
람의 인격적 성분을 스캔할 수 있는 기계가 나온다고
해도 마찬가지일 것이다. 어떤 것은 맞고, 어떤 것은
틀리다. 이 말을 바꿔서 표현하면 이렇게 쓸 수 있다.
어떤 것은 맞다고 생각하고, 어떤 것은 틀리다고 생각
한다. 왜? 인간은 몇 가지 틀에 모두 귀속될 만큼 단순
하지 않고, 해석의 차원이며, 개별성은 무 자르듯 명확
하게 나뉘지 않기 때문이다. 예를 들어 한 사람의 어
떤 특징을 두고 누군가는 게으르다고 표현할 수 있고,
누군가는 여유가 있고 관대하다고 말할 수 있다. 누군
가에게는 나쁘게 구는 사람이, 다른 누군가에게는 지
극히 친절하고 다정할 수 있다. 백 원, 이백 원에 벌벌

떠는 사람이 수백 수천은 그냥 써버리기도 한다. 사주
나 신점을 볼 때 잘 맞는다고 생각하는 건 어디까지나
'내가 알고 있는 나'와 '해석'이 일치한다는 의미이다.
그렇다면 맞고 안 맞고의 일차적인 판단보다 내가 어
떤 것을 나의 모습이라고 생각하는지, 그 근거와 이유
를 살펴보고 나의 모습이 아니라고 부정하는 측면에
는 무엇이 있는지 성찰하는 과정이 중요하지 않을까.

　　나는 오랫동안 내가 참을성도 없고, 변덕이 심한
줄 알았다. 지루함을 참지 못하고 어디로 튈지 모르는
사람이 나라고 생각했다. 그래서 '토'의 대표적인 성향
으로 꼽히는 인내나 포용은 나와 상관없다고 생각했
다. 그런데 TCI 성격 검사를 했을 때 인내심 점수가
아주 높게 나왔다. 심리 상담 선생님은 근심 어린 표
정으로, 인내심이 이렇게 높은 건 오히려 좋지 않다고
했다. "너무 참으면 터져요." 생각해보니 참고 견디며
꾸준히 무언가를 하는 것은 내가 '당연히' 그래야 한
다고 생각했기에 아예 인지조차 하지 못한 면이었다.
섬세한 친구는 '너는 좋고 싫은 감정을 감추는 데 너
무 능숙해서 속을 알 수 없다, 그래서 무섭다'라고 털
어놓았다. 포용력이 있고 화를 잘 내지 않는다는 평판

만 들을 때는 몰랐다. 임계점에 달할 때까지는 고요하다가 어느 순간 폭발하는 이유는, 사실 그전의 자극이 괜찮아서가 아니라 싫은데도 '참고' 있었기 때문이라는 사실을. 그래서 나는 자기주장이 분명한 동시에, 어떤 면에서는 묵묵한 인간으로 보이기도 했다.

결국 사주가 맞다는 이야기를 하려는 게 아니다. 내가 어떤 사람이라는 정의를 섣불리 내려버리면, 나를 가장 적극적으로 오해하게 된다는 말이다. 그럴 때 사주는 해석의 도구로서 선입견과 관성을 강화할 수도, 균열을 내고 또 다른 나를 발견하는 계기가 될 수도 있다. 이처럼 사주의 스토리텔링을 거치면 너무 익숙하고 당연하게 여겨서 인식하지 못했던 문제가 좀 더 선명해진다. 내 사주는 외격 중에서도 '비겁' 즉 자아가 가장 큰 '종왕격' 사주이다. 이런 사주를 두고 천상천하 유아독존, 자기밖에 모른다고 표현한다. 어릴 때부터 내 생각이 옳고, 내 의견이 맞고, 그러니 내가 제안한 방식이 최선이라는 강렬한 믿음이 있었다. 그것은 추진력과 열정의 근거였지만, 당연하게도 관계에서 자주 충돌을 일으켰다. 어느 날 언니와 함께 번화가를 구경하다가 길가에 늘어선 천막을 보고, 즉흥적으로 사주를 보러 들어갔다. 장소를 가리지 않고 싸워대는 언니와 나는 일찍이 '서로 극하는 사주'라는 해석을 받아든 상태였다. 언니와 나의 사주를 차례차례 풀어본 역술가는 나에게, 오행 중 '토' 하나밖에 없으니 시야가 좁고 고집이 셀 수밖에 없다고 말했다. 반면 오행을 골고루 가지고 있는 언니는 훨씬 조화에 가까우니, 부딪칠 때는 언니의 말을 들으라는 것이다. 언니는 속이 다 시원하다는 표정으로 고개를 끄덕였다.

"어우 진짜, 말도 못해요. 고집이 고집이."

나는 평생 '연장자의 말을 잘 들으라'라는 소리에 콧방귀를 뀌며 살아왔다. 우연히 먼저 태어났을 뿐인 사람의 말을 내가 왜? 정당하면 들어주겠지만, 연장자라는 이유만으로 숙이고 들어갈 생각은 없었다. 이런 성질머리이니 연년생 자매의 일상이 어찌 평화로웠겠는가. 그런데 '언니의 사주에 오행이 좀 더 조화로우니' '하나의 속성밖에 없는 너를 보완해줄 수 있다' '그러니 언니의 조언을 새겨들어라'라는 건 좀 차원이 다른 접근이었다. 가장 최근에 언니와 싸웠던 일들을 되돌아보았다. 나는 언니의 행동이 옳지 않다고 판단하고 비난했다. 그 판단은 순전히 내 기준이었다. 그럴 때마다 언니는 내가 미처 생각하지 못했던 부분을 짚으며 반박했는데, 인정하면 지는 거라고 생각했다. 내가 옳고 너는 틀렸다는 것을 입증하려고 혈안이 되었다. 가끔 언니는 진이 빠져 이렇게 말하곤 했다.

"모두가 너처럼 생각하진 않아, 진송아."

내가 사주에 '토' 하나만 있어서 나의 기준을 강요하는 사람인지 아닌지는 중요하지 않다. 내가 나의 기준을 강요하는 면이 있다는 사실을 인정하고 받아들이는 데에, '토 하나밖에 없어서'라는 스토리텔링이 효과적이었다는 게 핵심이다. 언니가 나보다 조화로운 사고를 하는 사주라는 정보의 진실 여부보다, 너무 가까워서 인정하기 싫었던 언니의 장점을 직시하는 데 사주가 연결고리 역할을 해주었듯. 물론 타고난 기질이 쉽게 바뀌진 않고, 성인군자가 아닌 나는 일시적인 깨달음을 얻었다고 해서 열반에 이르지 못했기에 그 뒤에도 같은 실수를 숱하게 반복했다. 내 생각을 밀어붙이고 고집을 부리고 타인을 비난했다. 그러다가도 어느 순간에는 내면의 멱살을 쥐고 흔들며 다시 기강을 잡았다. 정신 차려! 흙 100퍼센트의 인간아! 다른 사람 말을 좀 들어!

그런데 사람의 마음이라는 것이 참 복잡해서, 이렇게 자기 자신을 훈육하다 보면 자괴감이라는 파도가 몰려온다. 그래, 맞아. 난 부족해. 난 한심해. 난 왜 이따위 인간일까(진짜 어쩌라는 건지 모르겠다). 심리 상담에서 한참 '주목받기를 좋아하는 성향'이 어떤 결핍에서 근거하고, 그것을 어떻게 해소해야 하는지 천착할 때였다. 사람들을 좋아하고, 네트워크 만들기를 즐기고, 나서서 이벤트를 기획하는 내 성격은 하나하나 도마 위에 올랐다. 욕망과 무의식을 낱낱이 까발리라는 요구 앞에서 나는 껍질이 벗겨지는 양파처럼 나날이 작아지고 있었다. 그때, 사주를 배우기 시작한 지인이 내 사주를 표본 삼아 공부하면서 노트 필기를 줄줄 읽었다.

"주목받기 좋아하는 성격. 어딜 가든지 주인공이어야 직성이 풀리는 타입."

갑자기 내 눈이 번쩍 빛났다. 맞아. 나는 비겁이 겁나 큰 사람이잖아. 그냥 자아가 큰 인간이잖아. 자아가 크니까 창작을 하는 거지. 이걸 상담에서 일반적으로 건강한 수준이라고 여기는 데까지 나를 깎아낼 필요가 있을까? 난… 난 이렇게 태어났는데? 이게 난데?!
사주 사이트에 풀이를 넣으면 나오는 첫 문장을 보라.
'아무도 몰래 산골짜기에 혼자 피는 꽃은 될 수 없다.'
그래, 시장에서 깡통을 차고 다니더라도 사람들 앞에
있고 싶은 게 나라고. 다음날 나는 눈물 콧물을 흘리
며 상담 선생님에게 말했다.

"사주는 부족하고 못난 모습이 있더라도 그게 그
냥 너라고 말해주는데, 상담에서는 계속해서 지금의
너는 충분하지 않으니 고쳐야 한다고 말을 하잖아요.
둘 중에 뭐가 나를 진짜로 사랑하는 방법인지 모르겠
어요."

모르겠다는 건 사실 뻥이다. 나는 그 말로써 지
금의 상담 방향이 마음에 안 든다고 선생님에게 간접
공격을 가한 것이다. 심리 상담도 나에게 꼭 필요하지
만, 상담 선생님 역시 신이 아니기에 언제나 옳은 선택
을 한다고 생각하진 않는다. 모든 사람이 적당한 수준
으로 둥글둥글, 안정적인 인간형으로 다듬어질 수도
없는 노릇이고. 모가 나거나 과하게 보이는 부분이 있
더라도, 그게 나임을 인정하고 봐달라는 내 나름의 반
격이었다. 〈인사이드 아웃2〉에서 조이는 말하지 않는

가. 엉망이고, 아름다운 라일리를 사랑한다고. 엉망이지만 아름다운 것도 아니고, 아름답지만 엉망인 것도 아닌, 엉망이고 아름다운 나를 받아들이고 싶어서 나는 사주의 표현에 의존했다. 선생님은 자기도 사주를 공부했다며 나를 달래다가, 역시 '사주에는 한 가지 오행만 여덟 개 있을 수 없다'라고 말했다. 번쩍! 나의 눈이 빛났다. 맛 좀 봐라~ 8토 사주! 나는 내 생년월일시를 불러주었다. 만세력을 확인한 선생님의 눈썹이 씰룩거리는 걸 보며 알량한 승리감을 만끽했다.

　　나는 사주를 좋아한다. 결국 인간도 자연의 순환 속에 있음을 상기하는 비유도, 흥미진진한 스토리텔링도, 균형과 상호작용과 시기를 중시하는 세계관도 매력적이라고 느낀다. 나에게 사주는 나도 잘 모르는 열 길 내 속으로 다이빙할 때 메고 들어가는 산소통, 타인과 좀 더 잘 관계 맺기 위한 윤활유, 별로인 나의 조각까지 수용하는 방편이다. 맹신하여 쉽게 경계 짓거나, 가능성을 닫아버리는 예언이 아니라 적당히 살맛나게 해주는 만능 간장 정도의 무게로. 심심한 인생에 감칠맛을 더하는. 아, 오늘도 앱 알림에 오늘의 운세가 스치운다.

최신 버전으로
업데이트하시겠습니까

이진송

MBTI 광풍이 한반도를 휩쓸기 전, 혈액형론이라는 역병이 수십 년간 한국 사회를 지배했다. 한국인이라면 어릴 때부터 별자리, 띠별 운세를 자연스럽게 접하게 된다. 여기에 조금 과장을 보태서 표현하자면 태초에 사주가 있었다. 결혼 전 주고받는 신줏단지처럼 인간의 경조사마저 좌지우지했던 사주팔자. 내 팔자야, 할 때의 바로 그 팔자가 사주를 의미한다. 'MBTI는 MZ세대의 사주'라는 말처럼 이 모든 것은 결국 '캐릭터 해석'의 도구이다. '내'가 어떤 사람인지 이해하고 싶은 욕망은 동서고금을 가리지 않는다. 타인을 판별 가능한 틀 안에 넣어서 이해하고, 관계에서의 위험을 줄이고 싶은 욕구 또한 만만찮다. 예측불허의 삶에서 인간은 합리적이고 과학적인 것만으로는 살아갈 수 없는 존재이다. 이제는 달의 실체가 구멍 숭숭 뚫린 돌덩이라는 것을 알아도, 휘영청 높이 뜬 달을 보면 가슴이 설레며 손을 모으게 되듯이. 더군다나 과학은 '지금, 여기'까지의 지식이 기준이라 불완전하기는 마찬가지다. 의사가 수술을 할 때 손을 씻지 않아도 문제가 되지 않았던 시절처럼 언제든 바뀔 수 있고, 모든 현상을 규명하지는 못한다. 인간이기에 필연적으로 감당할 수밖에 없는 어떤 불안이 있다. 그래서 '비과학적'이라는 근대적 공격에도 온갖 캐릭터 해석의 틀은 살아남아 대대손손 이어졌나 보다.

무언가 뜻대로 풀리지 않을 때, 그야말로 물에 빠진 것 같을 때는 무엇이든 움켜쥐고 싶어진다. 종교, 사랑, 돈…. 의존하는 대상은 제각각이다. 신점이나 사주는 이런 측면에서 한국인의 정신 건강을 책임졌다고 생각한다. 고난의 끝을 예언하고, 다가올 복을 점지하여 당장 지금 이 순간을 견딜 만한 것으로 탈바꿈시켜준다. 고통과 막막함에 '삼재'라는 근거를 부여하여 이해 가능한 규모로 축소한다. 나도 마찬가지다. 어둡고 좁고 긴 터널 속에서, 가느다랗고 연약한 지푸라기처럼 손에 꼭 쥐고 있었던 사주의 위로를 떠올린다.

삼십 대 초반부터 특이한 사주를 앞세워 여기저기 돌아다니며 나는 내심 초조했다. 사주를 볼 때마다 상반되는 감정을 느꼈다. 신기해하는 반응을 보면 내심 특별한 사람이 된 것 같은 만족감을 느끼는 동시에, 사실은 별로 특별한 사주가 아니라는 말을 듣고 싶었다. 왜냐하면, 특이한 사주에 비해 나는 너무나 평범하고 보잘것없으니까. 그 불일치에서 오는 불만은 어딘가에 은밀히 숨어있다가 불쑥 고개를 쳐들었다. 아니, 사주가 이렇게 특이하면 인생도 좀 스페셜해야 하는 거 아냐? 남들보다 이른 나이에 뭐라도 이루든가. 최연소 ○○○라는 타이틀이라도 달든가. 성패가 극명한 외격 사주의 예시로 스티브 잡스가 거론되는데, 크게 성공하지도 대차게 망하지도 않은 나의 어중간함은 대체 뭐란 말인가. 무명작가이자 졸업하지 못한 대학원생인 내 처지가 통 마음에 들지 않았다. 또래들은 점차 번듯한 사회인의 꼴을 갖추어 가는데, 내 시간만 멈추어버린 것 같았다.

　　돌이켜 보면 그때 나는 '억울함'이라는 감정에 사로잡혀 있었다. 나는 '이렇게' 열심히 하는데, 왜 잘 안 되는 거지? 어째서 책은 안 팔리고, 돈은 안 벌리고,

나보다 별로 나을 것 없어 보이는 저 사람은 왜 저렇게 잘나가는 거지? 들어오는 일은 마다치 않았고 조그만 기회라도 잡으려고 애썼다. 이보다 더 잘, 그리고 더 열심히 할 수는 없는데. 내가 뭘 더 어떻게 해야 하는 거야? 약이 잔뜩 올라 전전긍긍했다. 인생 자체가 노력한 만큼 돌려받는 게임이 아니건만, 노력은 배신하지 않는다며 '노오오오력'의 중요성을 강조하던 시대에 가치관 대부분이 형성되어서 그런지 눈앞의 현실을 받아들이지 못했다. 속은 새카맣게 타들어 갔고 불똥은 엉뚱한 곳으로 튀기 일쑤였다. 내 책의 마케팅에 투자하지 않는 출판사, 출간 직전에 퇴사해버린 편집자, 책을 읽지 않는 이 시대의 독자…. 가상의 죄수들을 번갈아 마음속 재판정에 올리며 지옥의 시소를 탔다. 그러던 중 신점을 보러 갔다. 신점이었지만 큰 해석의 틀은 사주 안에서 풀어주는 사람이었다. 그는 나와 내 사주를 번갈아 보더니 말했다.

"공방살이 있구나. 서른여섯 전까지는 죽자고 해도 한 만큼 성과가 안 나."

공방살은 고란살이라고도 부르는데, 보통 '독수

공방하는 살'이라고 해서 배우자가 없는 살을 뜻한다. 어렸을 때부터 결혼 생각이 없었고, 비혼 관련 책도 낸 나로서는 별로 놀랍지 않은 해석이었다. 하지만 그가 나에게 말한 공방살의 의미는 보통의 것과 달랐다. 비유하자면 밑이 빠진 독과 같으니, 열심히 해도 채워지거나 얻는 게 없다는 뜻으로 썼다. 그 말을 듣는 순간 갑자기 온몸에 힘이 쭉 빠졌다. 맥이 빠지거나 실망한 게 아니었다. 기묘한 안도감이 몰려왔다. 아, 그래서 그랬구나. 그렇게 기를 쓰고 해도 뭔가 안 풀리는 듯하던 게, 이유가 있었구나. 누가 뭘 잘못해서라기보다, 그저 아직 때가 아니구나.

"그렇다고 대충 살면 안 돼. 오히려 되는 게 없는 것처럼 보여도, 열심히 해야 해. 그러면 서른일곱부터는, 네가 그때까지 해온 것들이 돌아올 거야. 그때부터 시작이야."

그때 기준으로 서른일곱 살까지는 7년이 남아있었다. 7년이라니. 아득했지만, 구체적인 시기가 정해지니 불안의 수위가 낮아졌다. 그때부터는 일단 7년을 잘 견디자는 생각만 했다. 7년 뒤에 그 말이 실현될지 아닐지, 그 말의 실현 여부 자체는 중요하지 않았다. 우선 나에게는 당장을 건널 수 있는 한 움큼의 용기가 절실했다. 아무것도 확인할 수 없는 상황에서 가라앉는 게 아니라 한 뼘이라도 앞으로 나아가고 있다는 확신이 필요했다. 불안이 밀려오는 밤이면 몸을 말고 눈을 감은 채 중얼거렸다. 7년 뒤면 괜찮아질 거야. 5년 뒤면, 3년 뒤면, 2년 뒤면. 매일매일 울면서 집에 오던 때에는 아직 1년이 남아있었다. 1년만 더, 11개월만 더, 8개월만 더, 석 달만 더.

　　서른일곱이 된 지 6개월이 흘렀다. 지금까지 해온 것들이 돌아왔다고 느낄 만큼 잘 풀리거나 대박이 나진 않았다. 다만 인생의 여러 굴곡과 위기를 지나온 만큼 나름의 내공과 굳은살이 붙었다. 오래 끌었던 과제를 해냈고 그로 인해 새로운 일을 시작했으며 꽤 적성에 맞아서 재미를 느끼는 중이다. 쉽지 않겠지만 일단 저기까지만 가보자고, 저 모퉁이를 돌면 새로운 풍경이 기다리고 있다던 사주에는 어떤 근거도 없었다. 막상 도착해보니 대단한 무엇이 있는 것도 아니다. 그런데도, 그래서, 그렇기에. 더더욱 떠올린다. 그 위로가 아니었다면 훨씬 더 지난했을 어떤 순간들. 아무리 용을 써도 안되는 게 있다는 삶의 평범하고 초라한 진실을 받아들이지 못해서 억울함으로 꾸깃꾸깃 찌그러졌다. 그다지 강하지도 의연하지도 못한 나는 원래 그런 시기가 있고, 그런 팔자가 있다는 해석을 듣고서야 숨통이 트였다.

사주를 통해 보는 한 사람의 인생은 계절과 같다. 신록이 돋아나는 봄과 만물이 뻗쳐 일어나는 여름, 수확하는 가을이 있으면 꽁꽁 얼어붙은 겨울도 있다. 하지만 겨울 또한 순환과 약동을 위해 꼭 필요한 시기이다. 이는 모두에게 공평하게 적용되는 자연의 법칙이다. 소위 말하는 좋은 사주는 오행의 균형이 잘 갖춰진, 조화로운 사주이다. 균형이 깨지면 지나치게 강하거나 약한 사주로 분류된다. 하지만 이를 단순히 좋고 나쁨으로 나눠서는 안 된다. 그 어떤 좋은 사주라도 늘 일이 잘 풀리지만은 않는다. 아무리 상황이 좋지 않아도, 좋은 시절은 온다. 부족한 부분을 채워주는 복이 외부에서 들어오기도 하고, 넘치는 복이 도리어 화를 초래하기도 한다. 누구든 언제나 좋을 순 없고, 매일 나쁜 일만 벌어지지도 않는다. 사주를 찾는 사람들은 대체로 힘든 시기를 통과하는 중이다. 그럴 때 순환하고 변화하는 사주의 세계관에라도 기댈 수 있다면 퍽 다행스러운 일이 아닐까.

물론, 사주 찬스를 잘 이용하려면 현재의 관점에서 섬세한 조율이 필요하다. 사주 자체가 오래된 학문이다 보니 기준과 해석을 업데이트해야 지금의 시대에 맞춤할 만하다. 예를 들어 태어난 곳에서 살다가 죽는 것이 일반적이었던 과거에는 고향을 떠나 이동하는 것을 역마살이라고 부르며 좋지 않게 여겼다. 하지만 지금은 다르다. 특히 여성과 남성의 사주에 대한 해석 차이에서 이러한 문제가 두드러진다. 관(官)은 직장, 사회적인 관계를 의미하기도 하지만 남성에게는 자식, 여성에게는 남편으로 해석한다. 여성이 공적 영역에 진출할 방법이 없었던 시대에는 여성의 삶과 성취를 결정하는 요소로 남편이 유일했을 것이다. 관이 많은 여성은 남편이 많아서 문란하다는 식의 선입견이 작동하기도 했다. 하지만 지금 그렇게 해석한다면 고리타분하다는 말을 듣게 된다. 여자의 사주가 드세다거나, 남편을 잡아먹는다는 표현은 지금의 의미로는 독립적이고 생활력이 좋다는 뜻이다. 남자였으면 좋았을 사주, 남자였으면 장군감이었을 사주, 아직도 이런 해석을 하는 역술가가 있다면 즉시 그 자리를 벗어나기를 권한다. 어디 가서 좋은 소리 못 들었던 나의 친구들이 태 선생님에게는 전혀 다른 풀이를 받았던 이유도 이런 차이 때문일 것이다.

"사주에 조그만 칼이 있네. 옛날에는, 이게 여자 사주에 있으면 아주 안 좋게 봤어요. 아녀자 사주에 웬 백정들이나 쓰는 칼이 있냐고. 지금은 시대가 바뀌었죠. 의사도 될 수 있고, 요리사도 될 수 있고. 또 칼은 펜을 의미하기도 하니까 이게 있으면 날카롭고 지적인 글을 쓸 수도 있답니다."

태 선생님이 나의 사주를 풀며 한 말이다. 자식운이 좋다는 말도 들었는데, 출산 생각이 없다고 대답하자 이렇게 말했다.

"옛날에야 여자가 자기 것을 만들거나 가질 수 있는 게 자식밖에 없었으니까요. 그런데 요즘에는 아가씨처럼 말하는 사람이 많아요. 그럼 이건 자기 이름을 걸고 만드는 창작물로 해석할 수 있거든요. 자기 작업

조그만 칼이 있네

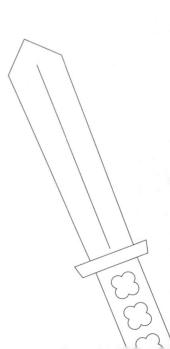

을 하는 사람인 거예요."

　누군가는 나에게 자식 복이 좋으니 결혼해서 자식을 낳으라고 권유했고, 누군가는 내 일의 성공을 읽어냈다. 어떤 것이 내 운명일까? 인생이 의지만으로 되지 않기에 삶에는 어느 정도 운명의 비중을 허락해야 한다. 해석이 주관적이라면 무엇을 나의 운명으로 받아들일지도 선택의 영역이다. 사주를 직접 보고 싶어서 공부를 시작했는데, 강의록이나 풀이가 성차별적이면 부아가 치민다. 이성만 배우자로 취급하는 사주 앞에서 퀴어는 갈 곳을 잃는다. 인기가 많으면 음란하다고 여겼던 도화살은 연예인 같은 직업에는 강점일 수 있다. 최근 SNS 등에는 자식 운의 범위가 넓게는 논문까지 적용된다거나, 연애운에 '덕질'도 포함된다는 의견이 많은 동의를 얻으며 퍼졌다. 삶이 단순하고 선택지가 적었던 때와 지금은 많은 것이 달라졌다. 그렇다면 사주풀이 또한 훨씬 더 유연하고 다양한 차원으로 확장되어야 한다. 이 모든 것은 결국 지금 이 순간을 살아가는 존재가 행복해지기 위한 실천이니까.

10년의 법칙

이미화

최후의 날까지 2년밖에 남지 않았다. 내가 이 일을 그만둘지 말지를 정하기로 약속한 날. 그러니까 10년 차 작가가 되는 날 말이다.

나는 8년 차 작가다. 서른 살에 첫 책을 낸 후로 부지런히 써 내려간 책이 일곱 권이니 거의 매년 한 권의 책을 써온 셈이다. 이건 내가 마감을 꽤 성실히 지켜왔다는 증거임과 동시에 내 글을 출간해주겠다는 출판사가 적어도 일곱 군데*는 있었다는 의미이다.

아직 쓰지 않은 계약이 하나 남아있으니 높은 확률로 2년 안에 한 권의 책을 더 내게 되겠지? 운이 좋으면 연재를 할 수 있는 지면이 더 주어질지도 모르지만,

* 실제로는 여섯 곳이다. 한 출판사에서 두 권의 책을 출간했기 때문에.

이대로라면 계약된 책의 출간을 마지막으로 10년의 작가 생활을 마무리할지도 모른다. 이대로라는 건, 말하자면 2년 안에 내가 엄청나게 유명해지지 않는다는 말이다. 책이 만 권 이상 판매되지 않는다는 말. 베스트셀러 작가가 되지 않는다는 말. 원고 청탁이 쇄도하지 않는다는 말. 결국 인세만으로 생계유지가 안 된다는 말. 그래서 이대로라는 건 지금까지와 별반 다르지 않다는 말이다. 글 쓰는 건 좋지만 성과가 없어도 만족할 만큼 순정파는 아니라서, 그런데 주어지는 한 계속할 수 있을 만큼은 진심이라서 기한을 정해둔 거다. 10년 안에 다음 10년을 이어갈 만한 성과를 내지 못한다면 거기서 그만두기로.

내가 10년을 기준으로 삼은 이유는 어디선가 주워들은 '도약의 10년 법칙' 때문이다. 특정 분야에서 도약하기 위해서는 10년이 필요하다는 이론이다. 존 헤이스라는 심리학자가 주장했다는데 반론의 여지가 있을까 싶다. 그야, 10년은 너무 10년이잖아. 도약해야 마땅한 시간. 나와 비슷한 시기에 작품 활동을 시작한 동료 작가들이 실력은 당연하고 인지도와 지면을 두루 넓혀가는 과정을 지켜보고 있으면 믿고 싶어진다. 곧 내 차례가 온다는 것을…! (정작 당사자들은 이게 도약한 게 맞냐고 되묻지만… 그건 출판 시장이 작아서 생기는 문제이니 넘어가기로 한다.)

법칙에는 늘 예외가 존재하고, 예외까지 포함해야 완성되는 게 법칙이니 어쩌면 내가 그 예외일지도 모른다. 도약의 10년 법칙에 위배되는 애. 그렇다고 그만둘 것까지는 없다는 걸 나도 알지만 그때가 되면 쿨하게 인정할 수 있지 않을까? 10년을 했음에도 이후 10년을 이어갈 만한 성과를 내지 못했다면 그건 내 문제라는 걸 말이다. 그럼 나만 탓할 수 있으니까. 이제 출판사 탓, 독자 탓하는 것도 지겹다. 책이 잘 안되는 이유를, 감사하기도 모자란 출판사의 잘못으로 돌리거나 판매량이 적다는 이유로 나를 조용히 응원하고 있을 독자들을 모른 체하는 걸 그만두고 싶다. 어쩌면 선수 치는 건지도 모르겠다. 더는 나를 찾는 출판사가 없어질 날을, 아무 계약도 없는 기간을 견디는 게 두려워 이쪽에서 먼저 "영업 끝났습니다~"하고 셔터를 내리려는 방어기제인지도. 그러기에 10년은 꽤 그럴듯한 방패가 된다. 그만둔다고 해도 수긍할 만큼의 시간. 아깝긴 하지만 더 해보라는 말을 쉽게 꺼낼 수 없는 시간이니까.

하지만 나와 함께 '작업책방 씀'을 운영하는 동업자이자 동료 작가인 혜은은 끈질기게 나를 방해한다. 혜은은 내가 유일하게 성실의 왕관을 내어줄 수 있는 사람인데 그래서인지 꼭 자기 같은 말만 한다. 10년을 썼으니 이후 10년도 그냥 쓰면 되는 거 아니냐고. 납득할만한 성과가 있어야만 쓸 수 있는 거냐고. 페퍼톤스도 매년 하고 싶은 것들, 할 수 있는 것들을 조금씩 하다 보니 20주년이 됐다고 했다고. "야, 그건 페퍼톤스잖아… 심지어 페퍼톤스는 처음부터 히트였잖아… 페퍼톤스면 나도 20년 한다고." 그래도 혜은은 굴하지 않고 말한다. "언니도 페퍼톤스처럼 20주년이 되었을 때 10주년보다 더 자랑스러워하면 좋겠어요."

말이 안 통하는 윤혜은을 뒤로하고 전문직 종사자 10년 차인 언니를 찾았다. 10년간 차근차근 자신의 사업장을 넓혀가며 내 집 마련이라는 꿈을 이룬 언니라면 돈 안 되는 일 같은 건 시원하게 그만두라고 말해줄 것 같았다. 언니는 말했다. "기다리는 사람과 그만두는 사람으로 나뉠 뿐이야." "근데 언니 10년을 기다려도 안되면?" "11년째에 될 수도 있지." "그럴 수도 있지만… 아닐 수도 있잖아." "우리는 기다려서 성공한 사람들의 이야기만 들을 수 있으니까 기다릴 수밖에 없는 거지. 미화도 기다리다 보면 언젠가 터질 거야. 50대에 터질 수도 있고." 언니의 말이 너무 고상해서 반대로 내 속이 펑 터져버리기 직전이었다.

"언니! 난 지금 터지고 싶어요!"

나는 도약할 수 있을까? 언니 말대로 마냥 믿고 기다리기엔 그간 인생에게 얻어맞은 뒤통수가 얼얼하다. 가까스로 1, 2층 정도 올라간다면 모를까. 눈에 띄는 도약 같은 건 기대하지 않는 편이 나을 거다. 2년은 반전이 일어나기에 충분한 시간처럼 보이기도 하지만 책으로 승부해야 하는 이 분야의 특성상 집필 기간과 제작 기간을 고려하면 내게 주어진 기회는 단 한 권뿐이기 때문이다. 독서 인구가 날로 줄어가는 이때 책 한 권으로 이후 10년 치의 가능성을 건다는 건 너무 순진한 생각이다.*

여덟 번째 책도 미미한 성적으로 끝나면 어떡하지. 정말 그만둬야 하나. 베스트셀러까지는 아니더라도 중쇄는 찍어야 속는 셈 치고 몇 년은 더 해볼 수 있을 텐데. 기대만큼 성과가 나오지 않을 때마다 그래도 10년은 버텨보자는 마음으로 붙들고 있던 10년 법칙의 효력이 끝나면, 나는 또 뭘 핑계 삼아 이 일을 계속 붙잡고 있을 수 있을까?

내게는 이야기가 필요하다. 묵묵히 주어진 일을 하며 자신의 때를 기다려온 사람들의 이야기 말고(나와 가장 반대쪽에 있는 단어가 있다면 그건 '묵묵히'일 것이다. 묵묵히는 내게 판타지의 영역이다), 몇 년을 매달린 일에 성과가 나지 않아 괴로워하고 흔들리고 때려치워 보기도 하지만 진짜로 그만두고 싶지는 않아서 또 심기일전해보는 사람의 이야기가. 나는 종교도 없고, 사주나 타로는 믿지 않지만 이야기를, 영화

* 이 글을 쓰고 있는 시점은 일곱 번째 책의 출간을 눈앞에 둔 5월의 마지막 날이다. 일곱 번째 책의 흥행 여부를 아직 모르는 상태에서 써 내려가는 중이라 이 글이 공개될 무렵에는 내게 어떤 변화가 생겼을지 아무도 모를 일이다.

100

를 믿는 사람이니까.

그러고 보니 8년을 매달린 작품의 뮤지컬 제작이 불발되고 두 번째 작품을 쓰기까지의 작가의 고군분투를 담은 영화가 있었다. 심지어 세 번째 작품으로 토니상과 퓰리처상을 거머쥘 미래는 꿈에도 모르던 시기의 이야기를 담은 영화. 내가 2년 후에도 작가 활동을 그만두지 않고 계속해보기로 한다면 그건 이 영화 때문일 것이다. 조너선 라슨의 동명의 뮤지컬 작품을 영화화한 넷플릭스 영화 〈틱, 틱… 붐!〉.

영화는 조너선 라슨이 자기소개를 하면서 시작된다. 일주일 뒤면 서른 살이 되는데 이루어 놓은 게 하나도 없다고. 그래서 어딜 가나 째깍째깍(틱틱) 소리가 들려온다고. 게다가 수정에 수정을 거듭하며 8년을 공들여온 작품 〈슈퍼비아〉의 뮤지컬 제작 여부가 결정되는 워크숍까지 겹쳐 시한폭탄처럼 '붐!' 하고 터져버리기 직전이라고.

라슨은 뮤지컬밖에 모르는 바보라서 월세를 감당할 만큼의 아르바이트 외에는 아무런 경제활동도 하지 않는다. 오로지 뮤지컬로만 승부를 보고 싶기 때문이다. 〈슈퍼비아〉가 뮤지컬로 제작되기만 하면 돈이야 저절로 벌릴 테니 지금은 작품의 완성도를 높이는 데에만 전념하는 중이다. 그런데 문제는 〈슈퍼비아〉가 브로드웨이에 걸리기에는 너무 예술적이라는 점이다. 결국 〈슈퍼비아〉의 뮤지컬 제작은 무산되고, 거절 통보를 받은 라슨은 친구 마이클에게 달려가 선언한다. "다신 못해! 또 식당에서 5년간 서빙하면서 아무도 안 볼 뮤지컬을 쓸 수는 없어!" 마이클은 라슨을 타이르며 말한다. "네 재능을 포기하는 건 비극이야."

라슨이 여기서 그만두었다면 뮤지컬계는 지금과 다른 모습이었을지도 모르겠다. 그가 서른다섯 살에 완성한 세 번째 작품이 뮤지컬의 정의를 바꾸어놓았다고 평가받는 〈렌트〉이기 때문이다. 〈렌트〉는 브로드웨이에서 12년간 공연되었으며, 연극과 뮤지컬 분야 최고상인 토니상 시상식에서 작품상, 작곡상, 각본상을 모두 수상하는 성과를 이루었는데 여기서 주목할 점은 〈렌트〉가 라슨의 두 번째 작품이 아니라 세 번째 작품이라는 점이다. 〈슈퍼비아〉의 실패 이후 포기하지 않고 쓴 두 번째 작품이 바로 이 영화의 원형인 〈틱,

틱… 붐!)이다. 〈틱, 틱… 붐!〉은 1인극 형식의 자전적 뮤지컬로, 소극장에서 공연되었음에도 성공을 거두지는 못했다. 라슨으로서는 〈슈퍼비아〉 이후 연이은 실패였는데 한 번은 더 시도해볼 수 있다 쳐도 어떻게 두 번째에도 그만두지 않고 다음 작품을 쓸 수 있었을까?

"다음 작품을 써. 그게 끝나면 또 쓰고. 계속해서 쓰는 거지. 그게 작가야. 그렇게 계속 써 재끼면서 언젠가 하나 터지길 바라는 거라고. 이봐, 이 바닥에서 잔뼈가 굵은 사람이 조언 하나 할까? 다음 작품은 네가 잘 아는 것에 대해 써. 알았지? 연필 날카롭게 갈아."

〈슈퍼비아〉의 워크숍이 있던 날, 제작이 무산되었다는 소식을 듣고 이제 자신은 뭘 하면 되냐는 라슨의 말에 제작자 로자가 해준 말. 라슨은 어쩌면 이 말을 붙잡고 다음 작품을, 그다음 작품을 계속 써나갔는지도 모른다.

나는 쓴 대로 살아야 한다고 믿는 사람이라서 내가 쓴 문장에서 자유롭지 못하다. 그래서 말로는 해

연필 날카롭게 갈아

도 글로는 쓰지 말라고 혜은이 그렇게나 당부했는데 이렇게 지면이 생기자마자 10년 안에 성공하지 못하면 그만둔다고 공표해버렸네. 그래도 2년 후에 슬쩍 〈틱, 틱… 붐!〉을 들먹이며 5년은 더 해볼 수 있지 않을까? 조너선 라슨의 효력이 끝나는 날에는? 그때 또 다른 이야기를 찾으면 된다. 세상에 그런 이야기는, 믿어봄직한 이야기는 얼마든지 있으니까.

믿는 구석

이미화

책방을 운영하는 6년 동안 사주를 본 적이 딱 한 번 있다. 동대문구 장안동에서 혼자 운영하던 책방('영화책방 35mm')을 닫고 새로운 곳(망원동)에서 새로운 이름('작업책방 쏨')으로 다시 책방을 오픈하기 며칠 전이었다. 홍대의 유명한 역술가 할머니를 찾아가 태어난 연월일시를 적었을 뿐인데 "10월에 이사 운이 있네" 했다. "8월에도 있었고."

나는 정말이지 바짝 엎드려 절이라도 할 기세였다. 8월에 예정되어 있던 책방 이사가 10월로 미뤄진 상황이었기 때문이다. 그다음 말은 더 기가 막혔다. 내가 손으로 봉사할 사주라고 했다. 당시 나는 다음 책의 출간 작업을 하고 있었는데 그 책의 제목이 『수어: 손으로 만든 표정의 말들』이었다. 나는 나를 이곳으로 안내

한 친구의 얼굴을 빤히 쳐다보며 말했다. "말해." "뭘?"
"이거 몰래카메라지."

〈이경규의 몰래카메라〉를 보고 자란 세대로서, 나
는 자주 내가 관찰 예능의 주인공이 되는 상상을 해왔
는데 그게 지금이라고 생각했다. 이쯤에서 카메라가 나
와 줘야 한다고. 친구가 미리 정보를 흘린 게 분명하다
고. 그렇지 않고서야 이렇게까지 정확할 수는 없다고
말이다. 근데 그게 아니었다. 내가 그냥 음양오행의 손
바닥 안에 있는 거였다. 부처님 손바닥을 벗어날 수 있
을 거라고 생각한 오공이처럼. 세상의 끝이라 생각했던
다섯 기둥이 알고 보니 부처님의 손가락이었던 것처럼
말이다.

내가 사주를 잘 보지 않는 이유는 오히려 너무 믿
게 되기 때문이다. 내 일주는 정화, 작은 불이다. 활활
타는 큰불이 아니라 촛불. 태양처럼 강렬한 빛이 아니
라 은은한 달빛. 정화는 조용하고 차분한 편이지만 속
에 불을 가지고 있어서 화가 나면 폭발할 수 있고, 생
각이 많고 집중력이 좋아 작가와 같은 창의성이 요구

되는 분야에서 일하면 행복을 느낄 수 있다. 정화는 상처를 받으면 과거를 계속 되새기느라 앙금이 오래가는데 겉으로 티가 나지 않는다. 왜냐하면 정화는 미워하는 사람에게 조용히 등을 돌리기 때문이다. 돈을 아끼는 편이고 생활력이 강하지만 수완이 좋지는 않다. 이 정도면 정화가 아니라 그냥 미화 아닌가. 이러니 사주를 믿고 싶을 수밖에.

내가 사주대로, 통계의 평균값대로 살고 있었다는 걸 깨닫고 나니 우주의 기운이 나를 자연스럽게 인도하는 방향이 있다면, 그걸 모르는 채로 살고 싶어졌다. 부처님이랑 옥황상제 자리를 걸고 내기를 하거나, 감히 내기에서 이겼다고 착각도 하는 손오공처럼 맘껏 어리석게 살고 싶었다. 왜냐하면 나의 원동력이 김칫국 마시기이기 때문이다. 다른 말로 하면 잔뜩 기대했다가 잔뜩 실망하기. 8년 동안 매년 책을 내면서도 낼 때마다 '혹시 이번에는?' 하고 기대를 걸어보던 것처럼 말이다. 김칫국 마시기의 장점은 김칫국 마시기를 중단하지 않는다는 데에 있다. 결과가 기대에 못 미치더라도 김칫국을 마시는 동안 새콤하고 짜릿했으니 그 기억으로 다음을 또 도모하고 또 기대해볼 수 있다. 하지만 운세를 점쳐서 미래를 예상할 수 있다면? 내게 떡줄 사람이 아무도 없다는 걸 알게 된다면? 김칫국도 마실 수 없다. 그러니 이왕이면 앞일은 까맣게 모른 채로 시도해보고 싶은 마음이랄까.

솔직히 말하면 은은하게 빛날 뿐 화끈하게 타오르지는 않는 정화에게 미래를 걸기에는 좀 아쉬워서다. 정화(미화)는 잘 풀려봐야 정화(미화)라는 걸 눈치채버렸거든. 그렇다고 내가 믿는 구석이 하나도 없는 건 아니다. 사주 좀 본다, 하는 사람들이 입을 모아 40대부터 걱정할 게 없다고 평하는 사람이 바로 옆에 있기 때문이다. 내 남편 안다훈(이하 안다)에 대한 이야기다.

미리 말하자면 안다는 신실한 기독교인으로서 신점이나 사주는 당연하고 타로나 별자리도 멀리한다. 안다가 운을 맡기는 분야는 가챠 정도가 전부다. 내용물은 랜덤이지만 베팅한 금액만큼의 보장은 확실한 피규어 뽑기 말이다. 그럼 안다가 인생이 잘 풀릴 거라는 건 어떻게 알게 되었냐고? 나도 그게 신기한 점인데….
관상 좀 본다고 하는 사람마다 묻지 않아도 안다의 얼
굴을 가만히 들여다보다가 이렇게 말하는 것이다. "조
금만 기다려. 40대부터는 잘될 거야."

인성도 인상도 워낙에 좋은 안다라면 충분히 들
을 수 있는 말이라 생각하고 넘길 수도 있지만 무당이
들려준 이야기라면 신뢰도가 달라진다. 그것도 군대에
서 만난 무당 후임이 해준 말이라면 말이다. 가위에 잘
눌리는 동기에게 부적을 써주거나 자기를 괴롭히는 선
임 어깨에 귀신을 얹거나 아무도 알려주지 않은 군대
의 역사를 줄줄이 읊을 정도로(귀신한테 들었다고 한
다.) 신통했던 후임이 안다에게 들려준 말도 비슷했다.
2, 30대에는 고생을 좀 하겠지만 30대 후반, 40대 초
에 로켓처럼 솟는 구간이 있을 거라고. 그 뒤로는 아
주 천천히 떨어질 거라고. 그리고 군종병(군대의 종교
담당 병사)이었던 안다에게 지금 믿고 있는 신 잘 섬
기라면서, 단 동생이랑은 절대 동업하지 말라고 했다
고 한다. 이야기를 끝낸 안다는 그래서 자기는 동생이
랑은 수수떡 하나도 안 나눠 먹을 거고 유일신 이외에

113

조금만 기다려.

40대부터는 잘될 거야

우상숭배도 절대 없을 거라고 말했다. 가만히 듣고 있자니 좀 이상했다. 그건 안다가 무당 후임의 말을 전적으로 믿고 있다는 의미 아닌가…. "그거야말로 우상숭배 아니야?" 안다는 억울하다는 듯 다급한 목소리로 외쳤다.

"선임한테 귀신 올리는 표정을 미화가 봤어야 해!!"
오케이. 인정. 나도 귀신은 무서우니까.

마흔이 코앞인 나와 달리 나의 연하 남편 안다가 40대가 되려면 아직 6년이나 남았는데, 안다의 꿈을 생각하면 6년 정도는 당연히 기다려야 하는 시간처럼 느껴진다. 안다의 꿈이 영화감독이기 때문이다.

비디오를 빌려보던 열다섯부터 지금까지 안다의 꿈은 줄곧 영화였다. 안다는 영화학과에 진학하기 위해 서울과 춘천을 오가며 과외를 받고, 대학 졸업 후에도 아르바이트로 생계를 유지하며 자기 작품을 쓰고 찍다가 스물아홉에야 상업 영화의 연출부 막내 생활을 시작했다. 〈반도〉 〈드림〉 〈정직한 후보2〉를 거쳐 최근 개봉작인 〈파묘〉 까지. 그렇게 영화 현장에서 일한 지 5년이 되었다. 연출부 막내에서부터 조감독 자리에 가기까지만 10년 정도가 걸린다고 하니 안다의 인생이 40대는 되어야 풀린다는 말은 틀린 말이 아니다. 오히려 위축되고 있는 영화 시장을 보면 40대에 영화감독으로 데뷔할 수 있을지도 장담할 수 없다. 특히 안다가 원하는 멜로 장르라면 더 어려울지도 모른다. 안다에게도 자신의 작품을 찍을 기회가 오긴 올까? 정말 안다의 인생은 40대에 잘 풀릴까?

인생의 절반 이상을 영화에 매달려온 안다의 꿈은 뿌리가 깊어서 나처럼 자주 흔들리지는 않는다. 그렇다고 불안하지 않은 건 아니라서 언젠가 장재현 감독에게 물어본 적이 있다고 했다. "계속 멜로를 쓰는 게 맞을까요?" 장재현 감독이 해준 말은 간단했다. "하고 싶은 걸 밀고 나가되 취향을 뾰족하게 만들어. 그러다 보면 자기 취향을 알아봐주는 시대가 와. 멜로 하고 싶으면 멜로로 밀고 나가." 꾸준히 오컬트 장르를 밀어붙여 온 감독님의 말이니 그게 어떤 이야기보다 자신에게 힘이 됐다고 안다는 말했다. 한국에서 오컬트 영화가 천만 관객을 동원하리라고는 상상도 못 하

116

던 때였는데도 그랬다.

안다의 사주에 내 미래를 맡기겠다고 했지만 손 놓고 기다리기만 하겠다는 건 아니다. 우리는 함께 시나리오를 쓴다. 안다가 소재와 대략적인 스토리라인을 구상하면 같이 캐릭터와 서사를 발전시켜 나가면서 시나리오를 써나간다. 안다가 영화 현장에 나가 있는 동안에는 각자의 일을 하다가 촬영이 끝나면 다시 공동 각본 작업을 하는 식이다. 그렇게 완성한 단편 시나리오는 영화로 만들어 출품*하기도 하고, 장편 시나리오는 제작사에 보내 피드백을 받는 동안 새로운 아이디어 회의를 하면서 안다가 감독으로 데뷔할 날을 준비하고 있다. 어쩌면 제2의 장항준, 김은희 부부가 될 날을 기다리면서.

* 〈셰익스피어 앤 컴퍼니〉(2017) 파리에 사는 영빈과 서울에서 편의점 아르바이트를 하는 미화가 전화로 파리를 산책하며 썸을 타는 설렘 가득 로맨스 영화다. 영화의 제목대로 파리의 '셰익스피어 앤드 컴퍼니' 서점과 한국의 편의점에서 촬영을 진행했다. 이 영화는 〈숏버스〉라는 단편 영화 개봉 프로젝트로 2021년 8월 전국 롯데시네마 아르떼관에서 상영되기도 했다. 현재는 왓챠에서 감상할 수 있다. 여담으로 우리가 함께 쓰는 시나리오의 여자 주인공 이름은 늘 '미화'다. 남자 주인공은 그 시기에 내가 빠져있는 남자 배우를 상상하며 쓴다.

내가 믿는 구석은 그러니까 안다의 사주가 아니다. 안다가 영화만을 바라보며 노력해온 시간을 알고 있기 때문이다. 안다가 꿈을 이룰 거라고 말하는 사람들은 무당 후임 말고도 더 있다. 안다의 오랜 친구들이다. 안다는 무조건 감독으로 데뷔할 거라고, 안다가 아니면 누가 하겠느냐고 말하는 친구들. 그들에게 신기가 있어서가 아니라 안다를 옆에서 지켜봐 온 사람이라면 누구든 믿게 된다. 안다의 시간을 말이다. 우상숭배는 절대 안 된다는 안다가 알면 뭐라고 할지도 모르지만 내가 믿는 절대적인 존재는 하늘에 계신 분이 아니라 안다가 쌓아온 시간인지도 모르겠다.

안다는 영화감독이 되는 길이 눈을 감고 나무가 빼곡한 숲속을 걷는 일이라고 했다. 그래서 누군가는 나무에 부딪히면서도 앞으로 걸어가고, 누군가는 한 방에 고꾸라져 포기해버리는 거라고. 적은 확률이지만 나무에 한 번도 안 부딪히고 숲을 빠져나가는 사람도 있을 거라고. 그게 누군지는 몰라도 우리가 아닌 건 확실하니, 나는 그저 안다가 무사히 숲을 빠져나오기를 바라며 그의 시나리오를 계속 함께 써나가야겠다.

그리곤 먼저 도착한 40대에서 로켓처럼 날아오를 안다
를 환영해야지.

태몽값

윤혜은

밀린 태몽값

"안방 문갑 위에 커다란 금부처가 번쩍이며 앉아있었대."

어렸을 때 나는 내 태몽 이야기하는 것을 좋아했다. 이제 막 친해지기 시작한 같은 반 친구들의 생일을 묻고, 용돈을 모아 산 잡지의 맨 뒷장에서 서로의 별자리를 찾아 한 주, 한 달의 행운을 점치던 소싯적, 태몽은 심심치 않게 등장하는 스몰토크 주제였다. 그렇게 내 태몽이 남다르다는 것을 깨달았다. 친구들의 태몽에는 복숭아, 사과나무, 토끼, 뱀, 무지개 등 아름답거나 신비로운 생물이 등장했던 데 반해, 나의 태몽은 금부처였기 때문이다. 누군가와 "야 너도?" 하며 손뼉을 부딪칠 만한 비슷한 카테고리 하나 없이, 뭔가 거대하고 다소 부담스럽게 존재하는 태몽. 내 이야기를 들은 친구들은 대체로 "오… 와… 아, 진짜?" 같은 애매한 반응이었다. 끝에는 꼭 "근데, 너희 집 불교야?"라는 말이 붙었다. 나는 그런 셈 쳤다. 우리 집은 무교에 가깝지만, 엄마가 금부처 태몽을 꾼 이후로는 '부처님 오신 날'이 아니어도 인근 지역의 사찰로 종종 소풍을 가는 집이긴 했으니까.

"넌 사주팔자 같은 건 평생 볼 필요도 없고, 그저 절에만 자주 다니면 돼. 그래야 네 인생이 잘 풀려." 엄마가 김밥을 말면서 말하면, 아빠는 옆에서 코웃음을 치면서도 절에 도착하면 꼭 기와 한 장, 연등 한 송이를 내 이름으로 올려두곤 했다. 평소 종교 활동을 하지는 않고, 종교의 상징만 취하고 있다는 데 양심이 찔리긴 했지만, 친구들에게 불교인이라고 말하면 내 태몽의 영험함이 더 커지지 않을까 싶었다. 그런 의미에서 어느 또래 집단에서도 외따로 있는 내 태몽의 유별남이 마음에 들었다.

이렇다 할 꿈도 야망도 없던 내가 가장 먼저 쫓은

게 있다면 태몽이 아닐까? 순진하리만큼 막연히, 나는 잘될 거라는 믿음이 있었다. 그러다 한 번씩, 금부처 태몽을 갖고 태어난 사람치고는 인생에 행운이 너무 은근하게 오고 있다는 생각이 들 때면 원하는 메시지만 나오는 포춘쿠키를 쪼개듯 엄마에게 태몽 이야기를 들려달라고 했다. 내 평생에 걸친 그 대단한 운이 아직 유효한지 확인하고 싶었으므로. 그러면 엄마는 어릴 적 전래동화를 읽어주듯 지치지 않고 말해주었다. "걱정 마. 너는 말이야, 아주 크게 될 거야."

임산부가 금불상을 얻는 꿈: 태어날 아이가 장차 사회적으로 위대한 사업체를 남기거나 정신적인 업적을 이룩하여 세상에 진리를 널리 퍼뜨리게 돼요.

확실히 또래 중에서 키가 큰 아이로 자라긴 했다. 그건 물론 유전의 영향이었겠지만. 그리고 더 자랄 여분의 신장 따위는 남아있지 않은 삼십 대 중반이 되었다. 어느 면에서나 큰일을 하지는 못하고, 다만 작은 일들을 아주 많이 하며 삶을 지탱하고 있다. 좀 고단하다 싶으면 이내 숨통이 살짝 트이는 식으로. 하루하

넌 크게 될 거야

루 터져나가지 않게 박음질하듯 이어지는 나날들. 아무리 스스로에게 점수를 후하게 줘도 '태몽값'을 하는 인생은 아닌 것이다.

다행인 건, 평범하고 고단한 나를 한 번도 시시하게 여긴 적 없었다는 것. 시시하기는커녕 가끔은 스스로가 버거울 만큼 시동을 걸며 지냈다. 퇴근 후 동네 책방에서 독립출판물을 만들고, 퇴사 후엔 이직 대신 책방을 열고, 책방을 연 뒤엔 강의실에서도 안 듣던 소설 창작 클래스를 열어 참여하고, 엄마의 간병 기간이 끝나갈 무렵에는 작사 아카데미를 수강했다. 근사하거나 큰 박수를 받는 결과물은 없었지만 계속해서 내가 원하는 방향으로 1센티라도 더 움직여보는 노력은 하면 할수록 중독되었다. '꿈'이라는 말은 너무 거창하고 그냥 어른이 된 이후에 그려보는 소소한 장래희망 계획표랄까. 장래희망을 달성하기보다, 장래를 희망하는 일을 지속하는 데 더 의의를 둔 방식으로 말이다.

하지만 엄마는 이런 나에 대해 다소 회의적이었다. 가만히 있어도 잘될 것인데 (하지만 세상에 그런 게 어디 있나?) 내가 얻는 것 하나 없이 스스로를 닳게 만든다고 여겼는지, 종종 이렇게 말했다. "너는 왜 그렇게 힘들게 사니?"

글쎄, 모르겠다. 굳이 따지자면… 지겹도록 들은 나의 운명 때문에? 그 대단한 태몽 때문에.

엄마가 놀리듯 얘기할 때면 오기가 났다. "하나도 안 힘든데? 나 완전 괜찮은데 지금?"

그리고 강조되고 반복되는 말의 힘은 세서, '안 힘들어?'라는 물음에 태연하게 답할수록 나는 정말로 모든 게 괜찮아져 갔다. 어처구니없는 배신 앞에 남겨지고, 분통 터지는 사건에 휘말려도 보고, 깊은 상처를 남긴 사고를 당했을 때조차도…. 허탈함에 주저앉아 있을 틈이 없었다. 그러는 와중에도 삶이 밀려오고 있으니까. 나는 삶 한쪽으로 비켜 서 있거나 등지고 싶지 않았다. 삶 한가운데에 있는 것이 몸은 고돼도, 마음은 편했다. 삶을 수행하는 데 열심인 채로 있는 편이 오히려 내게 닥친 아프고 나쁜 상황을 잊는 데 도움이 되었다. 그리고 이따금씩 반짝이던 태몽의 서사도 서서히 바래져 갔다.

추구미와 도달가능미

"너는 왜 갑자기 무리의 아이콘이 된 거야?"

책방을 동업하는 미화 언니가 별안간 심각해져서 말했다. 엄마가 나의 열심을 의아하게 여긴다면 미화 언니는 나의 괜찮음을 의심하는 사람이다. 오는 사람 오는 일 마다치 않고 매일 만 보 넘게 걷는 것도 모자라 근래에는 복싱을 시작해 평균 주 5일 운동을 시전하는 나를 염려한 나머지 긴 잔소리가 이어졌다. 이미 수차례, 무리하고 있다는 걸 모르는 건 좋은 게 아니라고 조언했던 동업자를 안심시키는 건 익숙한 일이었다.

엄마도 언니도, 요점은 이거다. 힘 좀 빼고 쉬엄쉬엄 살라는 것. 그래 내가 뭐든 좀 쉽게 몰입하는 타입이긴 하지. 그런데, 그러면 안 되나? 안 될 리 없다. 다만 그러한 상태를 정확하게 들여다보는 게 가끔 두렵기는 했다. 실은 내가 이 삶을 마음 깊은 곳에서는 지긋지긋하게 여기고 있을까 봐. 이 지나친 '열심'이 사실은 언제 끝장이 나도 괜찮다는 마음을 동력 삼아 가동되는 걸까 봐….

뚜렷한 목표나 이유 없이 무작정 살아간다면, 언제고 아무 때나 뚝 멈춰버릴 수도 있는 것 아닌가? 하는 질문에 잠길 때가 있다. 그래서 문득 이 삶이 지나치게 소중해지거나 지금 이루고 있는 것보다 더 큰 욕심이 날 것 같을 때 나는 반대편에서 줄을 당기듯 되뇐다. 열심히는 하되, 너무 간절하거나 비장해지지 말자고. 조금씩, 천천히, 가볍게. 대체로 실패하지만 자주 기합이 들어가는 자신에게 제어를 거는 시도만으로도 도움이 되었다. 적당히 유연하게 사는 것이 으뜸은 아니겠지만 너무 무거워 한 곳에 고정돼 있는 것보다는 나은 것 같기도 했다. 그러니 나는 마냥 무리만 하고 있는 게 아니다. 내가 너무 나이기만 한 채로 지내지 않도록, 나름의 줄다리기를 하며 지내는 중이다. 더 잘 살아 볼 수 있도록 말이다.

이런 내 사정을 들여다본 누군가는 다르게 물을 수도 있겠지.

'그런데, 왜 꼭 그래야만 해? 생긴 대로 살면 되잖아.'

맞다. 하지만 알다시피 생긴 대로 사는 것도 딱히 쉬운 일은 아니다. 와중에 좀 다르게 살아보려는 노력이 말하자면 요즘의 미덕 같다. 다른 내가 될 수도 있는 가능성을 잊지 말자는 정도의 애씀이랄까.

다시 꾸는 태몽

"기다림으로 강해진다니, 왠지 좋네요."

계절의 끝자락, 선풍기 바람을 쐬며 만화책을 넘기다 말고 멈칫했다. 순정만화 『여름 눈 랑데부』(삼양출판사, 2015) 속 대화가 여름밤 살랑거리는 마음을 진득하게 붙잡았다.

"왜 식물의 씨앗은 가을에 결실을 맺는데 봄이 되어서야 발아를 하는 걸까요."

"싹은 따뜻해져야 나오는 거야."

"그건 그런데요, 생각해보니 가을과 봄의 온도가 비슷한데, 난 지 얼마 안 된 씨앗이 바로 발아하는 일은 없구나 싶어서요."

"학교에서 안 배웠어? 씨앗은 경솔하게 키우지 못하도록 되어 있어. 한번 추위에 견디지 못하면 땅속에서 나오지 못해."

"태어나기 전부터 봄이 올 걸 알고 단지 때를 기다리며, 오매불망 기다리며 그 몸에 견고하게 힘을 비축하는 거야."

첫눈에 반한 꽃집 주인 로카에게 알고 보니 사별한 남편이 있었다는 애석한 현실에 놀란 것도 잠시. 평생 두 번째라도 좋으니 제 차례가 올 때까지 묵묵히 기다리겠다는 파워 직진 연하남 하즈키의 성정, 나아가 두 사람의 미래까지 짐작할 수 있는 감동적인 대목이었다. 그리고 이 애틋한 사랑의 과몰입 독자였던 나는 마지막 대사에 완전히 사로잡혔다. 아니, 붙잡힌 것을 넘어서 돌연 나를 투영해버리고 말았다.

'기다림으로 강해진다니 왠지 좋네요.'

어, 이건… 좀 나 같잖아? 내 입으로 말하긴 뭐하지만 끈기나 인내, 한결같음, 이런 키워드들은 종종 나를 설명해야 할 때 동원되는 단어들이었다. 다만 말 그대로 소개의 영역이지 강해짐으로써 무기가 될 거라고는 생각하지 못했는데 남자 주인공은 확신하고 있었다. 어떤 기다림은 강해질 수 있다는 것을, 동시에 강해지기 위해서는 기다려야 한다는 것을 말이다.

그러고 보니 나는 이미 에세이 『매일을 쌓는 마음』에서 이렇게 쓴 적이 있었다. "쌓는 마음은 기다리는 마음과 닮아있다. 단, 기다린다는 감각 없이 기다린다는 점에서 무심하고, 그러므로 가만 기다리고만 있지 않을 거란 점에서 부지런하다"라고. 이것 또한 강함으로 향하는 과정이라 봐도 될까. 무엇을 향한 강함이 될진 모르겠지만… 우선, 나로 살아가는 힘이 되겠지.

이런 순간엔 또 짓궂은 농담처럼 엄마의 말이 스쳤다.

'넌 크게 될 거야.'

그리고 평소처럼 지나가려는 말에 그날따라 왠지 딴지를 걸고 싶었다.

'아니?'

이제 나는 달리 말할 수 있을 것 같다. 태몽은 내가 밑도 끝도 없이 구하고자 했던 것이지, 어떤 시절을 충분히 겪으며 원하게 된 답은 아니었다는 걸. 말하자면 태몽은 엄마의 염원을 통과한 답일 뿐이다. 지금 내게 필요한 건 오래된 주문을 형상화한 꿈이 아니라, 현실에 닿아 있는 나를 똑바로 바라보는 것이라고 말이다.

스스로를 줄곧 '해결해야 할 문제'라고만 생각했지 나의 삶을 있는 그대로 원하게 될 수도 있다는 생각

은 왜 하지 못했을까. 그제야 '이게 맞아? 맞겠지, 뭐'
하며 얼렁뚱땅 넘어갔던 시간이 좀 달리 보였다. 나는
무언가에 어울리거나 응답하기 위해 사는 것이 아닌
데, 좀 잊고 지냈나 보다. '잘 살고 싶은 마음'에서 비롯
된 노력들이 대개 그렇듯, 그 과정에 있는 나의 수고나
소박한 변화들을 소중히 간직하기보다는 야박하게 평
가해버리기 쉬운 세상이니까. 하지만 내가 가장 눈치
를 보거나 혹은 믿어야 할 게 있다면 그건 태몽도, 타
인의 입김도 아니라 바로 나 자신이어야 하지 않을까.

결국 나 자신이 곧 내 인생의 유일한 답이라는 생
각에 한순간 기분이 근사해졌다. 지금이 오답처럼 보
이더라도 이건 단지 풀이 중에 있는 답, 답의 실마리인
셈 아닌가? 그렇다면 원하는 곳에 다다르기까지 때론
답답하리만치 느리게 흘러가는 속도도 봐줄 수 있을
것 같았다.

기적의 사고력이 휩쓸고 간 자리 위로 산뜻한 마음
이 일었다. 이번 깨달음은 또 얼마나 갈까. 실없는 웃음
과 약간의 감사함이 섞여서, 오랜만에 내 편이 되어준
마음을 가만 누렸다. 수분이 날아가기 시작한 여름의

끝, 아름다운 이야기 속에서 편안하게 이끌린 얼마간의 사색. 슬슬 이 정도면 충분하다는 생각이 든다. 이제 살 만하니 무리해야지! 라는 객기도, 당분간은 절대 무리 않겠다는 다짐 없이도 그저 몇 시간 동안 멀어졌던 삶으로 돌아가고 싶어졌다. 곧 밝아올 아침을 기다리면서.

*

며칠 뒤, 『여름 눈 랑데부』를 함께 읽은 동생을 만났다. 만화 표지를 닮은 큰 잎의 가로수 아래에서 맥주를 나눠마시다 말고 소진은 말했다. "언니는 로카 같아요." 나는 속으로 웃었다. '에이, 난 아무래도 하즈키지.' 하지만 이런 사정을 알 리 없는 소진은 만화 같은 말을 이었다.

"한참을 망설이는 듯하다가도 결국에는 본인이 원하는 방향을 따라가는 부분이 언니 같았어요."

살짝 멍해진 사이 소진은 그동안 내가 쌓아온 것과 새롭게 쌓아갈 것을 마저 덧붙였다.

"자기가 뭘 원하는지 깨닫게 되면 돌아보지 않고

직진하는 모습이요. 음악도, 글쓰기도, 책방도, 복싱도… 소설과 앞으로 쓸 동화를 대하는 언니와도 맞닿아 있어요."

좋아진 기분 때문에라도 고개를 끄덕이지 않을 수 없었다. 그런 면이라면 맞는 것 같다고. 설령 소진이 나를 좀 잘 봐준 거래도, 끝내 닮아서 같아지게 만들고픈 구석이니까.

덕분에 꿈이 하나 생겼다. '실현하고 싶은 희망이나 이상'으로서의 꿈 말고, 이건 말하자면 내가 만든 태몽 시나리오다.

금부처에 싹이 트는 꿈: 시간을 겪을수록 강한 사람이 됩니다. 자기가 뭘 원하는지 분명히 알아내고, 그곳으로 향해갑니다.

엄마에겐 미안하지만, 나는 문갑에 눌러앉은 금부처가 아니라 작고 가벼워도 반드시 싹을 틔워내는 씨앗처럼 살아가는 중이라고, 나의 오래된 태몽에 새 마음을 심어본다.

타로적 사고

윤혜은

"질문자의 마음이 구체적이고 분명할수록 카드도 더 정확한 대답을 들려줘."

취미로 타로를 하는 친구는 작은 손으로 카드를 섞으며 말했다. "생각이 많을 땐 생각이 많다는 카드가 나온다니까?" 그리고 잠시 숨을 고른 뒤 매트 위에 펼친 카드 중 하나를 뒤집더니 "이거 봐, 마음이 복잡하대잖아"라고 체념하며 다시 카드를 챙겼다. 셀프 타로의 세계란…. 앞서 들은 근황도 있고 해서 잠자코 웃기만 했는데 "역시, 쉽게 정리할 수 있는 게 아닌가 봐." 카드의 해석인지, 제 마음인지 모를 것을 곱씹으면서 친구는 어쩐지 묘하게 홀가분한 표정을 지었다.

그 모습을 보면서 몇 해 전, 친구가 한창 타로에 빠져있을 때 같이 기웃거리다 주워들은 말이 생각났다. 타로의 목적은 질문자의 미래를 예언하기 위함이 아니라, 타로에 질문자를 투영하는 일이라는 것. 당시에는 아리송(한 것을 넘어서 '아니 그럼 타로를 왜 봐?'라는 심정이 들기도)했는데 몇 살 더 먹었다고 그 말이 나름대로 이해될 것 같았다.

사람들은 누군가가 나의 미래를 예측해주는 것만큼이나 누군가에게 이해와 공감받는 걸 좋아하니까. 둘 다 혼자서는 쉽게 할 수 없는 일인데, 전자는 안 해도 그만이지만 후자가 잘되지 않을 때는 불행해질 수도 있다는 점에서 타로는 과연 질문자를 투영하는 쪽으로 흘러가는 게 맞겠다는 생각이 들었다. '내일'이나 '미래' 같은 단어를 떠올리면 조금만 방심해도 나쁜 상상을 해버리기 쉬운 시대니까. 그렇지만 인생은 끝까지 살아보지 않고서는 무엇도 확인할 수 없는 법. 가끔은 나조차도 외면하게 만드는 복잡다단한 심연을 차분히 들여다보는 시간이 과연 더 필요하지 않나 싶기도 했다.

그러니까 타로는 아직 오지 않은 운명보다, 이미 여기 자리해 있는 내 마음에 한 번 더 귀 기울이게 만드는 일인지도 모른다. (지극히 개인의 의견이며 전국의 영험한 타로 마스터님들의 영업 기조와는 무관합니다.) 아니, 나부터가 타로를 이런 식으로 대했다. 타로에 가타부타 말을 얹기엔 턱없이 부족하지만 돌이켜 보니 제법 인상적인 경험이 떠올랐다.

코로나 시절이 닥치기도 전이었다. 친구의 추천을 받아 듣도 보도 못한 비대면 타로를 봤다. 모니터 너머의 마스터들이 임의대로 세팅해놓은 네다섯 개 남짓의 카드를 시청자가 신중히 (화면 위로 손을 휘휘 저으면 에너지가 느껴지는 카드가 있을 거라는 조언에 따라) 고른 뒤 자신이 선택한 카드 번호의 해석을 들으면 끝. 마스터와 대면하는 긴장에서 오는 설렘은 떨어지지만, 대신 부담 없는 재미와 신선함이 있었다. 복채는 구독과 좋아요, 알람 그리고 댓글이면 되니 혹시나 마스터의 해석이 기대와 달라도 잃을 게 없어 여러모로 경제적이었다. 게다가 하나같이 흥미로운 썸네일들까지. 뭐부터 물어봐야 하지, 고민할 필요도 없이 타로 마스터들이 올려놓은 콘텐츠들이 앞다투어 솔깃한 제안을 했다. '적게 일하고 많이 벌기 위한 직업 적성 찾기' '그 사람이 숨겨둔 속마음을 털어드립니다' '지금

141

내 마음에 한 번 더
귀 기울이게 만드는 일

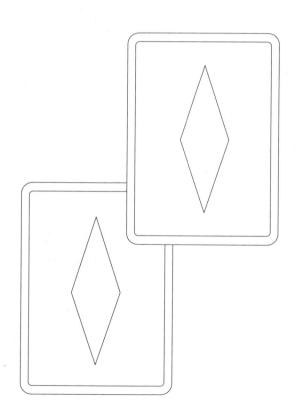

반드시 들어야 하는 긴급 메시지' 등등…. 하지만 어쩐지 진심이 아닌 자극에 이끌리는 것 같아 스크롤을 쭉쭉 내리다가 '1년 뒤 미래의 나에게서 온 편지' 위에서 마우스를 멈췄다. 그리고 오늘의 달력을 확인했다.

2019년 8월 6일. 나는 첫 책 『일기 쓰고 앉아 있네, 혜은』을 계약하고 부지런히 원고를 쓰는 중이었다. 작가가 될 거라는 기대 없이, 그저 일기 쓰기에 기대어 건너온 긴 시절이 하나하나 목소리를 갖고 구체적인 이야기가 되어가는 중이었다. 계획한 적 없지만 인생이 드디어 제대로 굴러가려나 보다, 설렘을 품고 쓰기에 매진하던 계절. 뭔지는 몰라도 뭔가 될 것 같은 기분. 이런 감각이 나에게도 오는구나, 다소 감격하며 여름을 통과하고 있었다.

그래서였을까? 아니면 그런데도 불구하고였을까, 앞으로의 인생이 잘 풀릴지 어떨지 구체적으로 묻고 싶지 않았다. 내게 올 행운이 무엇인지 미리 알면 행운이 아닌 거 아닌가, 요행이나 지름길을 알고도 삐끗하면 스스로를 더 자책하게 되는 것 아닌가. 몸에 힘을 잔뜩 주고 한 줄 한 줄 비장하게 쓰느라 잠시 잠깐의 허튼 상상조차 끼어들 틈이 없었다. 실은 물음표투

성이면서 묵묵히 그 위로 마침표를 찍어 눌렀다. 내 이야기를 종이 위로 하나둘씩 옮겨둘수록 가벼워지기보다는 이상하게 무거워지기만 하던 여름이었다. 그 계절의 더운 공기가 그러하듯. 지금이야 '그땐 그랬지' 하며 우습게 추억할 수 있지만, 꼭 첫 책을 작업하는 초보 작가였기 때문만은 아니었던 것 같다. 나는 인생의 짐스러운 구석들을 실제보다 거대하게 받아들이면서 불안해하고, 그런 모습을 들키지 않으려고 더욱더 혼자서 제 마음을 끌어안는 인간이었으니까.

1년 후의 내가 이런 나를 보면 어떤 말을 할까, 그런 것은 안심하고 궁금할 만했다. 내가 내년에도 다름 아닌 나일지(물론 그럴 테지만). 지금 삶이 아주 조금 궤도를 튼 것도 같은데. 예상 밖의 내가 전하는 말이 있을까? 하는 기대가 따라왔다.

그해 여름, 내가 2020년 여름의 나로부터 건네받은 편지는 이렇다.

"제발, 제발 스스로를 낮추지 마. 너만 모르고 있어. 네가 얼마나 멋진 사람인지. 자꾸 네 단점만 보고 안 되는 일들만 생각하지 마. 그리고 다른 사람들이 널

144

더 존중하게끔 더 당당해져도 돼. 다른 사람들도 다 불완전한 존재고 변덕스러운 존재라는 걸 잊지 말고. 자신감을 가지고 네가 원하는 곳을 향해 적극적으로 나아갔으면 좋겠어. 걱정하지 말고 겁먹지 말고 널 한정하지 말고 그냥 너를 믿어. 네가 생각하고 있는 것보다 너는 훨씬 더 대단하니까."

지금 와서 보면 알맹이가 없는 위로의 말처럼 느껴지지만, 그 당시에는 일기장에 이 편지를 옮겨둘 정도로 마음에 남는 말이었다. 일기는 그날을 이렇게 기억하고 있었다.

"마스터의 목소리는 무척 곱고 다정했다. 실제로 미래의 나를 만나고 온 양 단어마다 부사마다 힘주어 말할 때는 어떤 간절함마저 느껴져서 꼭 그리하겠다고 미래의 나에게 대답하듯 고개를 끄덕일 수밖에 없었다"라고. 겨우 1년 후의 나일 뿐인데 얼마나 단단해졌기에 저런 말을 하는 걸까 하고, 감탄했던 모양이다. 하지만 지나온 날들을 알고 있는 나로서는 이 기록들이 그저 우스울 따름이다. 왜냐하면 타로가 대신 전해준 편지는 2019년의 나보다도 2020년의 나에게 더 필요했으니까. 첫 책을 펴낸 성취감을 누리기보다는, 미진한 성과에 욕심과 조바심을 내며 서둘러 다음으로 건너갈 준비를 하던 2020년의 나에게 슬쩍 전해주고 싶다. 2020년 8월에 나는 이 편지를 한 번이라도 떠올렸을까? 그랬다면 좋았을 텐데.

　혹시나 하는 마음에 일기장을 뒤적였다. 아쉽게도 그런 흔적은 없었지만, '1년 뒤 미래의 나에게서 온 편지' 못지않은 응원이 우수수 쏟아졌다. 심지어 타로를 본 2019년 무렵의 일기에는 이미 스스로 그런 편지를 쓴 셈이나 다름없는 기록들로 가득해서, 왜 타로 마스터의 편지에 저렇게까지 감동을 받은 건지 의아할 정도였다. 그렇게 모처럼 옛날 일기에 빠져 읽어나가다 보니 코로나 시국과 함께 시작된 30대. 아득하고 지난했던 만큼 곱씹어볼 만한 일기들이 많았다. 내가 쓰는 일기장은 (이제 알 만한 사람은 다 아는) '10년 일기장'으로 10년 치의 오늘들이 한 페이지에 오름차순(연도 기준)으로 구획돼 있다. 그래서 일기를 빼먹지 않고 썼다면 오늘의 빈칸 위로 작년 오늘, 재작년 오늘의 일기와 마주치게 된다. 그리고 그런 일기장을 두 권째 빼곡하게 채우고 있는 나로서는 불현듯 이런 일기를 마주하게 되는 것이다.

2022년 4월 15일 목요일

펜 색깔을 바꾸니까 일기에 생기가 느껴진다. 비록 스트레스 점수는 27점, 우울증 점수는 31점이어도 (모두 만점(?)에 가깝다). 엄마의 항암 치료는 엄마뿐만 아니라 가족 모두가 함께 통과해야 할 일이다. 무슨 짓을 해도 분명 아프고 느리게 익숙해질 테니, 조바심까지 내지는 말자. 다만 울고 싶을 땐 울고, 울고 난 뒤엔 일기를 쓰자. 그리고 소설 쓰기도 포기하지 말자. 소설가가 되기 이전에 할 수 있는 유일한 일은 소설을 완성하는 일이니까.

이 일기 아래에는 밑에서부터 거꾸로 올라오는 돼지 꼬리가 그려져 있다. 그리고 시작되는 일기는 이렇다.

2023년 4월 15일 금요일

많이 힘들었구나. 고생 많았어. 그리고 꼭 말해주고 싶은 소식. 지금 나는 너무 열심히 소설을 쓰고 있어. 네가 상상했던 것 이상으로 잘 해내고 있어. 이런 하루를 마주할 때마다 나는 나한테 '일기빚'을 지고 있다고 생각해. 포기하지 않고 일기를 써줘서, 오늘로 건너올 수 있게 해줘서 고마워.

아니 이건… 너무나도 타로적 사고로 쓴 일기 아닌가?

걱정하는 과거의 나에게 미래의 나는 종종 큰따옴표를 달고, 마침표 대신 느낌표를 찍으며 답글을 단다. "걱정 마!" 마치 시간을 거슬러 내 귀에 외치기라도 할 것처럼. "네가 이렇게 열심이니까 나도 자꾸 부응하게 되잖아. 조금만 애써라!" 이미 무리해버린 시간에 뒤늦은 당부를 전하며 바짝 당긴 현생의 고삐를 슬그머니 늦춘다.

2023년 5월 31일

계획한 일들이 뜻대로 흘러간다고 해서, 모든 것을 다 해내려 하지 말고 그럴수록 작은 일상을 지켜내자. 종종 스스로 밥을 지어 먹고, 잠을 좀 더 오래 자고, 잘 걷고, 이왕이면 걷기 말고도 규칙적인 운동을 시작하면 좋겠다. 작업에 여유가 있을 때, 나를 돕는 한 달을 보내자.

이 일기에도 뒤집혀진 돼지 꼬리가 그려져 있다.

2024년 5월 31일

마침 요즘의 나는 일찍 자고 일찍 일어나고 있다. 딱히 거창한 다짐 없이, 자연히 취침 시간이 당겨지고 있다. 머리보다 몸이 일기를 기억하고 있던 것일까? 덕분에 이른 아침에 의외로 많은 일을 할 수 있다는 걸 체험하고 있다. 긴가민가하며 시작한 복싱에 완전히 빠져버려서 센터가 쉬는 주말이 아까울 정도로 열심히 운동을 하고 있다. 양팔에 힘을 주면 미세하게 갈라지기 시작한 근육을 보는 재미가 나에게도 오는구나. 머리를 짜내고, 마감일을 지키고, 약속을 이행하기 위한 타임라인 바깥의 일상에 더해지는 새로움들이 나는 조금 놀랍다. 밖으로 드러나고 모두와 나누는 일상이 아니라 내 안에서 나만 알고 있는 만큼 변화하고 있는 요즘이. 그리고 어김없이 이런 순간엔 무리하고 싶어지니까. 과거의 나는 당부해둔 거겠지. 침착하라고. 앞으로 나아가는 것보다 머물러 지켜야 할 것들에 좀 더 에너지를 나누라고. 지금처럼.

이걸 내가 타로에 관심이 없는 이유로 봐도 괜찮을까. 아니면 반대로, 이런 사람이어서 타로에 끌리는 사람이라고 봐야 할까?

최근에는 친구들과 산책을 하다 말고 누군가 타로나 볼까, 라는 말에 예약도, 후기 검색도 없이 가장 가까운 타로집을 찾아갔다. 대학 시절에도 안 하던 짓이었는데, 그날은 그렇게 마음이 동했다. 여전히 타인에게 운명을 묻고 싶은 마음은 없지만, 그럼에도 궁금한 것이 하나 있기는 했다.

"제가 작사가로 데뷔할 수 있을까요?"

소설을 쓰고 나니 인생에 한 번은 더 지망생이 될 필요가 있는 것 같아서 도전한 작사였다. 아카데미를 수료하고도 1년이 더 지난 지금, 치열한 시절을 즐기고는 있지만 그만큼 커지는 간절함이 내심 불편하던 터였다. 내 얘기를 듣더니 중년의 마스터는 말했다. 타로가 예측할 수 있는 미래는 최대 1년. 짧게는 3개월, 보통 6개월 안에 벌어질 일을 보는 게 가장 명확하다고.

1년 안에 보는 승부라, 바라던 바였다. 넉넉하게 3년을 보고 시작한 일이었고, 꼭 그 절반에 가까워지고 있는 시점이었으니까. 계속해서 시안을 제출하기만 한다면 에이전시를 통해 데모를 받는 일이야 이어갈 수 있겠지만, 나는 자아실현을 하겠다고 작사에 뛰어든 것은 아니다. 그러니 영속성만으로 누리는 성취와 기쁨도 한계가 오겠지. 3년이란 기간에도 나름의 이유가 있었다. 데뷔라는 분명한 목표를 가지고 도전한 일에 비록 뚜렷한 성과가 없더라도 무작정 불태울 수 있는 기간으로 잡은 것이었다.

내가 뽑은 카드를 한 장씩 뒤집을 때마다 마스터는 명쾌하게 말했다. "열심히 하고 있네. 재능도 있고." "데뷔한다고 나와요." "즐기면서 하는 건 좋은데 지금보다 더 욕심을 내야 해요. 더 열정적으로." 속전속결의 대화였다.

그렇구나! 나는 박수를 치며 친구들과 웃었다. 데뷔를 한다니. 기쁘고, 다행이고, 안심이었다. 그런데… 어딘가 김이 빠진 듯한 기분이 들었다. 왜였을까? 미래를 쉽게 알게 되어서? 설마, 내가 타로를 그만큼이나 신뢰한다고?

한참을 놀고 집에 돌아온 나는 유튜브에 '1년 뒤
미래의 나에게서 온 편지'를 검색한 뒤 상위에 노출된
콘텐츠 중 하나를 클릭했다.

이윽고, 카드를 뒤집자마자 온라인 마스터는 말
했다.

"5번 카드를 뽑으신 분들은, 1년 뒤 새로운 일을
시작할 것 같네요."

이 마스터는 편지 형식의 스토리텔링보다는 카드
를 해석하는 방식인가 싶었는데 낭독이 이어졌다.

"첫 번째로 하고 싶은 말은, 나의 모습을 자신감
있게 드러내도 좋아. 과거에서부터 막연하게 생각했던
일을 도전해봐. 나는 지금 너무 만족하고 그 일을 즐
기면서 하고 있어. 성과도 정말 좋아. 그러니 하루빨리
시작해!"

그래, 이거지. 모니터에 비친 내 얼굴에 광대가 솟
아 있었다.

마스터는 말했다. 막연한 불안과 의심이 이어졌

고, 그래서 지금 막다른 길에 처해있다는 생각이 들 수도 있지만 바로 그것이 계기가 되어 나를 보여줄 타이밍이 올 것이라고. 그러면서 카드를 들어 올렸다.

"COME TO THE EDGE. 위태로운 돌 위에 서 있지만 여자는 불안해하지 않고 오히려 장미꽃을 흩날리며 즐기고 있죠? 그래서 어쩌면 여러분들은 지금 인생의 전환점에 서 있을 수도 있겠다고 보여요."

고개를 끄덕이며 마스터의 말을 타이핑했다. 2019년 8월의 내가 어떤 마음이었을지 비로소 알 것 같았다. 마스터는 마치 내 일기장에 들어와 있는 듯한 말을 이어갔다.

"주목할 점은, 전혀 새로운 일은 아니라는 거예요. 과거로부터 오랫동안 염원했던, 혹은 예전부터 막연히 끌리거나 좋게 봤던 일을 1년 뒤에 하고 있을 가능성이 커요. 하고 있던 일의 속성, 재물의 크기가 완전히 탈바꿈될 예정이에요. 어, 나는 그냥 무심코 시작하는 건데? 하는 분들은 전생에 했던 일이 지금 내 현생에 영향을 미친다고 생각하시면 돼요."

진지한 목소리로 전생까지 언급할 때는 푸핫 웃음이 터져 나왔지만, 이미 작사가로의 데뷔를 투영한

153

나로서는 작사가 이만큼이나 내 인생에 얽혀 있구나 싶어서 내심 뿌듯하기까지 했다.

마스터가 마지막으로 뒤집은 카드는 LOVERS, 연인 카드였다.

"카드가 이렇게 말하네요. 나는 지금 너무 행복해."

아, 내가 바로 일과 결혼하는 사람이 되나 보다. 감사한 운명이었다.

다시, 일기장을 펼친다. 혹시 몰라 타이핑한 마스터의 말을 옮길까 하다가, 그냥 지금 하고 있는 작업의 고민들을 썼다. 왜냐하면 1년 뒤의 나는 오늘의 일기 끝에 돼지 꼬리를 만들어 답글을 달 테니까. 그 말은 오늘 마스터로부터 들은 것과 다르지 않을 테니까. 그 즐거움을 미리 빼앗고 싶지 않았다.

지금처럼, 여기에서 조금만 더 열심히 하면 원하는 미래를 만날 거란 말은 시시하다. 누가 그걸 몰라? 하는 심정이 아니라, 너무 잘 알아서. 그리할 스스로가 나한텐 너무 당연해서. 가장 정확한 나의 운명이자 늘 내 마음 깊은 곳에 자리한 말이라서 그렇다. 지난

날 너무 '열심'인 날들에 문득 억울한 마음이 들다가도 금세 잠잠해졌던 건 이 때문이었는지도.

타로에 관한 일기를 쓰고 나니 하루만큼의 일기가 꼭 한 장의 타로카드 같다. 혼자서는 아직 어떤 미래도 해석할 수 없는 단일한 하루. 하지만 내일이, 모레가, 한 달이, 1년이 쌓이다 보면 문득 내게 꼭 맞는 타로 마스터의 목소리가 들려오겠지. 그렇게 도착한 미래가 많다는 것, 그 미래는 늘 내가 기다린 모습이었다는 것을 한 번 더 깨닫는다. 오늘의 나 역시 마찬가지일 것이다.

우리는 서로의 다행이니까

윤이나

PM 12:00 재수

누군가 이런 말을 한 적이 있다.

"그건 네가, 재수 없는 사람이라서 그래."

제대로 작업을 해보겠다고 맥북에 기계식 키보드에 거치대까지 이고 지고 나온 날, 휴무일도 아닌데 문을 닫은 카페 앞에 서서 문득 그 말을 떠올렸다. 그 말을 할 때 상대의 표정까지 떠오른다. 사소한 것을 지나치게 세밀하게 기억하는가 하면 어떤 시기는 통째로 까먹어버릴 정도로, 선별적인 기억력을 가진 나의 뇌에 찰싹 붙어버린 순간이라는 의미다.

"너는 재수가 없잖아."

일단 이런 말을 듣는다면 '재수'라는 단어의 의미

가 무엇인지를 따져보아야 한다. 국어사전의 의미 그대로 '재물이나 좋은 일이 생길 수 있는 운수'가 없다는 이야기인지, 그게 아니면 "재수가 없으려니까" 혹은 "재수 없는 인간" 정도로 변형해 사용하는 욕설 혹은 비하의 의미를 담고 있는지. 쓰다 보니 그렇게까지 크게 다른가 싶기도 하지만, 듣는 사람 입장에서는 차라리 전자가 마음이 편하다. 이 말 속의 '재수'가 직관적으로 다가오는 의미이든 아니든, 들어서 별로 좋은 말은 아니다. 찬찬히 곱씹어보면 살아가는 데 있어 꼭 필요한 '운'이라는 게 큰 도움을 주지 않는다는 말 자체가 욕과 다를 게 뭔가 싶을 수도 있겠지만, 나에게 있어서는 대충 사실적시와 다를 게 없었다. 오늘 하늘은 파랗고, 나의 키는 164센티이고, 라면은 맛있다. 윤이나는 재수가 없다.

이 말이 상대의 입에서 나오기 전까지 나는 그날 벌어진 사소한 불운에 약간의 과장을 더해 나열하던 참이었다. 그러니 상대는 전자인 '너는 운이 드럽게 없어'라는 의미로 내게 말했을 거다.

한편으로는 뭘 또 그렇게 재수가 없었나 싶은 마음도 있지만, 운을 확률의 문제로 본다면, 평균보다 훨씬 밑도는 점수일 것 같기는 하다. 일상의 자잘한 확률의 운, 예를 들어 가위바위보에서 이기는 것부터 크고 작은 당첨과 뽑기의 운 같은 게 내 인생에 있었던가? 당최 떠오르지 않는다. 반대로 일상의 크고 작은 불운, 소위 재수 없는 일은 지금, 이 순간에도 떠올릴 수 있다. 그런 거다. 당첨이 되기는 하는데, 고장 난 따릉이에 당첨이 되는 식. 예시가 금방 나왔다. 어제 벌어진 일이기 때문이다. 지도에 버젓이 영업시간으로 표시되어 있는 가게나 식당이 닫는 일은 특별하지 않아서 기억에도 없다. 이런 일이 연달아 벌어져야만 뇌가 기억할 가치가 있다고 판단하는 듯하다.

친구들이 '너 이럴 거면 제주도 가지 마라'라는 댓글로 요약한 여행이 그랬다. 제주도로 여행을 갔다가 잘못된 예약, 잘못된 이동, 잘못된 선택이 모두 결합해 가는 데마다 거절과 거부를 당한 나의 하루는 인스타그램에 실시간으로 기록되었고, 친구들은 안타까워하다가 결국 웃었다. 모든 게 엉망진창이라 자포자기하고 수영장 구석에서 인스타그램 포스팅을 하고 있는데 빅뱅의 '에라 모르겠다'가 흘러나왔다. 그 순간은 영상으로 남았고, 친구들에게 웃음을 주었고, 나에게는 또 하나의 불운에 관한 에피소드로 기억됐다.

불운, 운이 없다는 문제에 대한 나의 입장은 이렇다. 대충 다친 데 없고(종종 다치기도 하지만), 누군가에게 피해를 주지 않았고, 사연이 될 수 있다면, 그래서 친구들을 웃길 수만 있다면 큰 문제는 아니다. 내가 겪은 불운은 횟수는 많을지언정 거대한 불행으로 몸집을 키운 적은 없었고, 나는 오히려 그걸 운이라고 생각하는 편이었다. 누군가는 정신 승리라고 할 수도 있고 실제로 정신 승리일 수도 있겠지만, 내가 그렇게 생각한다는데 어떻게 할 것인가. 사고를 겪으면 더 큰 사고가 아니라는 것이 얼마나 다행인지를 생각하고, 병이 발견되어도 일찍 발견해 행운이며, 죽지 않고 살아있으니 대체로 괜찮다고 생각하는 편이라서, 이렇게 생각하는 게 되는 나라서 내가 다행이라는데.

하지만 20대의 절반 동안 가까운 친구였고, 나를 가장 잘 아는 사람이었던 그는 내가 재수가, 운이 없는 사람이기 때문에 이렇게 생각하는 것이라고 했다. 운이 좋은 사람들은 운명을 믿는다고. 좋은 일, 행운, 거절이나 거부보다 환영과 환대가 익숙한 사람들은 주어진 좋은 것들이 삶에 이미 결정된 것, 곧 운명이어야 안심이 되고 운과 복을 만끽할 수 있으니까. 행운을, 타고난 운명을, 좋은 팔자를 믿는다고 했다.

"그럴 수도 있겠지."

그가 나와 반대 처지인 쪽, 럭키가이였기 때문에 반박할 수 없었다. 불운이라는 단어를 떠올릴 일상이 없고 우연한 만남이 극적으로 원하는 방향으로 삶을 끌어가는 경험을 해본 사람이 운명을 믿는다고 하니 할 말이 없었다.

'네가 운이 나빠 봤어? 셋이 나란히 서 있는데 차가 구정물을 나한테만 튀기고 가는 일을 경험해 봤어?'

이렇게 쏘아붙이며 대화를 이어갈 수는 없는 일 아닌가. 그래서 얼마 전에 SNS에서 봤던 운명에 관한 심리테스트로 말을 돌렸다.

"진짜 의외로 잘 맞는다고 하더라고. 아무 생각도 하지 말고 내가 질문을 하자마자 1초 만에 바로 대답해야 해. 알았지?"

상대가 끄덕였다. 왜인지 비장해진다.

"지금 바로 떠오르는 사자성어 대 봐."

"일석이조(一石二鳥)."

나는 웃어버리고 말았다. 돌 하나를 던지면 두

마리의 새를 한 번에 맞히는 사람, 인생이 대체로 일석이조로 흘러갔던 사람 앞에서. 내가 어이없다는 듯이 웃자, 그가 물었다.

"넌 뭐였는데?"

나?

설상가상(雪上加霜)이었다.

PM 3:00 신점

겨우 다른 카페로 자리를 옮겼다. 원래 가려던 곳이 아니라서인지 어쩐지 마음에 들지 않는다. 음악도 별로고 커피도 맛이 없다. 옆자리의 커플은 한참 싸우다 냉전에 접어들었다. 차라리 작업실을 갈걸. 하지만 작업실에 갇혀있는 느낌이 싫어서 카페를 찾아온 건데. 일이, 글쓰기가, 마감이라는 행위가 잘되는 곳을 찾아다니며 떠돌아다닌 시간에 글을 썼으면, 몇 년째 한 드라마를 붙잡고 있지 않았을지도 모른다.

지금 나는 두 번째 드라마를 쓰고 있다. 데뷔작은 이미 몇 년 전이다. 기억하는 사람도 많지 않은 단 2부작 드라마만 남기고 일을 그만하는 건 어쩐지 지는 느낌이라 때마침 제안이 들어왔던 시리즈 드라마 계약서에 큰맘 먹고 사인을 하고 그로부터 또 3년이 훌쩍 넘는 시간이 흘렀다. 잘 흘러가는가 싶으면 방향을 틀고, 방향이 틀어지고 이제 되나 싶으면 예상치 않은 문제가 생기고, 이번엔 진짜 편성인가 싶으면 조금만 더 고쳐보자고 하는 사이에, 처음에는 새롭고 신선한 것 같던 이야기가 낡아져 갔다.

드라마의 주인공은 무당이다. 정확히는 '신이 떠난 무당' 이야기이다. 소위 전국구 레벨의 VVIP 고객만 받던 무당의 신이 훌쩍 떠나고 하늘을 찌르던 신빨이 바닥을 찍다 못해 땅을 파고 들어가게 되면서 벌어지는 이야기인데, 다들 재미있다고 해서 열심히 썼다. 그런데 대본은 내가 '썰'로 푸는 것보다 재미가 없다고 했다. 그래서 고치고, 다시 고치고, 또 고치다가… 여기까지 왔다. 여기가 어디냐면, '진짜 최종 찐 마지막'으로 고치는 시기다.

지난겨울에는 신점을 봤다. 자료조사 차원이었다. 감독님이 말했다.

"나는 자기가 신점을 좀 봤으면 좋겠어. 무당을

만나 봐. 우리 드라마 언제 편성되나 좀 물어보고."

무당을 안 만나본 건 아니었지만, 신점을 본 적은 없었다. 볼 생각도 없었다. 내가 믿지도 않는 행위에 돈을 내기가 싫었다. 제작사에서 돈을 내준다고 했다. 그렇다면 갈 때도 됐지. 그래서 무당을 만나 인터뷰를 하고, 신점을 봤다. 소감은, 글쎄….

"인상비평 같다고나 할까요."

내가 신점을 보고 나오기만을 기다리고 있던 PD들의 얼굴에 실망감이 어렸다. 왜 인상비평이라고 생각했느냐면, 점괘라는 게 대체로 이런 식이었기 때문이다.

"오빠가 있지? 오빠랑 바뀌었어. 자네 쪽이 남자의 운명이야. 시끄럽고, 나서고. 오빠가 반대야. 조용해. 뒤에 있어."

오빠는 있다. 이건 자매나 형제가 있는가, 외동인가, 성별은 무엇인가. 이 확률에 손위·아래까지 따져보면 대충 20퍼센트의 확률로 맞힐 수 있다. 불특정 다수를 무작위로 만나는 직업적 특성상, 감을 조금 날카롭게 세운다면 대충 맞힐 수 있는 문제라는 이야기다. 게다가 무당은 앞선 인터뷰에서 나와 이미 대화를 나눴다. 대화 속에서 자연스럽게 묻어나온 정보로 유추할 수도 있을 거고, 말투와 행동에서 내 성격을 파악하는 건 그리 어려운 일이 아니다. 호피 무늬 스웨터를 입고 와서는 빠른 말로 우다다다 질문한 뒤 커다란 리액션을 보이며 인터뷰를 끌고 나가는 작가라는 여자에게서 읽을 수 있는 정보가 얼마나 많은가. 그런 의미에서 인상비평 같았다는 거다. 다행히 드라마는 편성이 되며, 중박 이상으로 보이니 최대한 빠르게 런칭을 하라고 했다는 점괘를 전해주니 PD들은 그제야 안심했다.

그 무당이 적어도 편성 확정은 받는 시기로 알려준 여름이 '곧'이다. 하지만 늦겨울에서 초봄 사이 제작사에도 내게도 예상치 않은 일이 생겨나면서 믿지도 않았지만, 무당의 점괘가 준 그나마 남은 희망도 희미해진 상황이었다. 나는 어느 정도 될 대로 돼라지 하는 자포자기 상태에 접어들어 있었다. 이거 봐. 이게 문제라니까. 나는 설상가상 다음에 자포자기가 생각난다고.

저녁 약속 전까지 어떻게든 PD들이 보내준 자료를 읽고, 그 자료에서 아이디어를 뽑아내 3부를 고쳐야

만 했다. 이번이 진짜 마지막이라 생각하고. 대략 20고
째의 3부였다. 일단 자료부터 읽자. 어디 보자, 운을 트
이게 하는 방법을 물어보는 캐릭터에게 '개운법'을 알
려줘야 하고. '개운(開運)'이라는 건 쉽게 말해 사주에
금(金)이 없으면 금목걸이를 하는 그런 건데, 나 같은
경우는 토(土), 흙이 많으니까 흙에… 물을 주는 건가?

그 순간 얼음장처럼 냉랭하게 팔짱을 끼고 서로
바라보고 있던 커플 중 남자가 일어나면서 백팩으로
내 머리를 살짝 쳤다. 연쇄작용으로 키보드 위에 얹혀
있던 내 손이 밀려 반도 넘게 남겨둔 맛없는 커피가 들
어있는 컵을 치고, 커피가 쏟아졌다. 왜 이런 일은 슬
로 모션으로 보이나 몰라.

신점을 본 날, 무당은 내가 너무 피곤해 보이는 걸
보니 기(氣)가 탁해졌다며 한약을 먹으라고 했다. 피곤
해 보이는 게 아니고 피곤한 거였는데. 쏟아진 커피가
꼭 한약 같았다.

PM 8:30 사주팔자

"그 와중에도 불행 중 다행이었다는 거지, 내 말은."

"키보드에 커피를 쏟았는데 뭐가 다행이야."

"내가 평소처럼 거치대를 안 가지고 나왔어봐. 커피가 맥북으로 쏟아지는 거거든. 맥북이 먹통이 된다? 나는 살아갈 수가 없다."

나의 '불행 중 다행' 이론을 무시한 채, 친구 S는 말했다.

"너는 〈운수 좋은 날〉 인력거 모는 그 남자 있잖아. 그 남자 같은 거야."

"김첨지, 가정 폭력남인 거 알지? 그리고 그거랑 반대거든? 오늘 내가 운이 없었으면 나중에 좋은 일이 있는 거라고. 그 소설은 계속 운이 좋다가 집에 갔더니 마누라가 죽어있는 내용이잖아."

"딱 그거지. 네가 만약에 운이 좋았으면 나쁜 일이 생길 수도 있었어."

"그럼 이게 낫나?"

덤 앤 더머 같은 대화 중인 우리는 친구 H의 집에서 늦은 저녁을 먹고 있다. 오늘은 초봄부터 이어져 온 'H 지킴이의 날'이다. H가 갑작스러운 상실을 겪고 이후로 이어진 지난한 현실의 문제를 통과하는 동안, 혼자 있는 밤이 없도록 친구들이 만든 조치다. 가족이 피치 못할 이유로 함께 있지 못하는 날이 생기면 시간이 되는 친구들이 와서 자고 간다. 프리랜서면서 비혼인 나와, 아이가 없는 S가 가장 자주 오고 다른 친구들도 가끔 온다. 나와 S가 같이 오는 날도 있고 따로 오는 날도 있다. 어릴 적 교회에서 만난 친구여서인지 대체로 여름성경캠프에서 성경이 빠진 분위기가 조성된다. 먹고, 떠들고, 마시고, 놀 궁리만 한다.

"내 팔자가 왜 이러지? 나는 왜 이렇게 운이 없는 걸까? 내가 이런 말을 하잖아? 그럼, 우리 엄마는 기도하라고 해."

듣고 있던 H가 말했다. 셋 다 권사의 딸이니 그런 말을 위로라며 듣는 마음을 이해 못 할 리 없다. 우리 엄마는 내가 무당을 주인공으로 드라마를 쓴다는 이야기를 듣고 이를 받아들일 수 있는 마음을 갖기 위해 새벽 예배에 가서 기도했다. 신점을 봤다는 말을 듣는다면 귀신이라도 만나고 온 것으로 생각할지 모른다. 신점이 무엇인지를 곱씹어보면 틀린 생각은 아니지만.

대화는 '우리는 왜 이럴까'로 흘러갔다. 큰 잘못도 하지 않고, 나쁜 마음도 품지 않고, 큰 욕심을 부린 적도 없는데. 삶의 파고는 누구나 있는 법이라지만, 모든 삶의 파도가 주인을 덮치지는 않는다. 잔잔한 날이 하루 이틀쯤은 찾아오는데 우리는 도대체 왜. H가 진지하게 말했다.

"내 친구가 그러는데, 이 정도로 나쁜 일이 생기고 안 풀리는 건 결국 좋은 일이 크게 있으려고 그러는 거니까 차라리 로또를 사래."

아무래도 한국인은 운에 관한 한 김첨지 관점에서 벗어나지 못하는 모양이다. 이래서 공교육이 중요하다니까. H는 기운이 없는 목소리로 덧붙였다.

"팔자를 믿는 사람들은 내 팔자 정말 사납다고 생각하겠지?"

"웃기지 말라고 해. 지들 팔자는 또 얼마나 좋아서."

"근데 너네도 알잖아. 살다 보면 돈 걱정 없는 집에서 태어나 어려운 일 생겨도 무사히 잘 풀리고, 상팔자까지는 아니어도 큰 문제 없이 잘 흘러가는 사람들이 있다는 거."

그런 사람들, 있지. 그런 사람들이 뭔가 안 풀리는

사람을 보면서 "아무래도 넌 재수가 없는 거 같아." 이런 말을 하는 거고.

H가 겪은 일을 두고 누군가 비극이라고 할 때마다, 드라마도 이렇진 않다고 할 때마다 할 말이 있기도 하고 없기도 했다. 비극이라고 하면 누가 지어낸 이야기 같지 않은가. 지어내기도 어려울 것 같은 사건이 엎치고 덮치는 과정을 드라마 같다고 표현하는 건 인생을 모욕하는 말 아닐까. 그런 말을 들을 때마다 드라마 작가가 아니었으면 했다. 어떤 불행은 이유 없는 재난이라 사람을 가리지 않고 닥치고, 인간이 할 수 있는 일은 그 후 어떻게 살아갈지를 결정하는 것뿐이라는 이야기를 쓰고 싶었는데, 나는 이 이야기를 모른다는 걸 장례식장에서 연이틀 밤을 새우면서 알았다.

"우리 꽃시장 가자. 꽃 사서 곁에 두는 것도 개운법 중에 하나라고 했어."

진짜다. 낮에 읽은 개운법 자료에서 봤다. 꽃은 토가 많은 사주에도 좋고 물이 많은 사주에도 좋다고 했다.

"우리가 토랑 수가 많아?"

"아니, 너네 말고 나."

내 사주에 토랑 수가 많다. 아무튼 친구들이 어이없어하는 와중에 이런 이유로, 잠을 잊은 H의 네 살 딸까지 데리고 한강을 건너 자정에 강남꽃시장으로 향했다.

AM 00:00 개운

이래서 사람이 안 하던 짓을 하면 안 된다고들 하는 거다. 평화로운 줄로만 알았던 야밤의 꽃시장 외출은, 운전을 맡은 S가 주차를 하고 나오다 패인 아스팔트에 걸려 넘어지면서 초장부터 운을 말아먹은 형국이 되어버리고 말았다. 외마디 비명에 돌아보니 바닥에 쓰러져 있는 S가 발목을 붙잡고 있었다.

"나는 여기서 기다릴게."

응급실을 가야 하는 게 아닌지, S가 운전을 못 하면 정신과 약을 한 주먹씩 먹고 있는 H가 운전을 해야 하는지 아니면 운전대를 잡은 적이 없어서 20년 무사고 1종 면허를 가진 내가 해야 하는지를 두서없이

상의하는 우리를 보며 S가 말했다. '응급실은 안 가도 되고 운전은 내가 한다'라고 말을 덧붙인 S는 우리에게 꽃을 사 오라고 했다. 모두의 개운에 소용이 있는지는 모르겠지만, 지금 우리에게는 꽃이 필요하니까. 아름다움만이 쓸모인 것. 바라보고 아름다우면 그만큼 더 살아지는 것. 결국, H의 딸이 고른 분홍색 꽃 한 다발을 안고 돌아왔을 때, S는 파리한 얼굴로 운전석에 앉아 있었다.

"용산까지는 갈 수 있을 거 같아. 브레이크랑 액셀 누를 정도는 돼."

우리는 웃을 수도 울 수도 없는 기분이 되어 꽃을 끌어안고 차에 올랐다. 자정이 넘도록 버틴 H의 딸이 차의 진동을 자장가 삼아 잠들자, H가 조용히 말했다.

"우린 진짜 안되는 팔자인가 봐. 어떻게 거기서 그렇게 넘어져."

"개운은 쥐뿔."

S의 일갈에, 내가 끼어들었다.

"그런데 나는 그렇게 생각하긴 하거든."

여기서부터는 나의 행운 이론이다. 모든 사람에게 주어진 운의 총량이 있는데, 그 운의 사용처는 보통 사람들이 생각하는 일상의 행운이나 로또 당첨과는 좀 다른 것이라는 주장.

"내가 좋아하는 소설가가 작가의 말에 쓴 건데, 부모님의 딸로 태어난 것만으로도 행운을 다 썼다는 거야."

사람들은 보통 행운을 덤의 영역으로 생각한다. 모두가 50을 가졌다면 거기에 5점, 10점씩 얹어지는 것이다. 예상치 않은 무작위의 방식으로 선물처럼 찾아오는 물질, 경험을 행운으로 여긴다. 나는 행운을 인생 전체로 두고 생각한다. 소설가의 말처럼 사랑하고 존경할 만한 부모에게 태어나 자란 것도 행운이다. 현대 과학이 유전자가 결정짓는다고 말하는, 내가 가진 신체적 정신적 조건도 행운일 수 있다. 내가 의식하지 않고 내린 선택과 결정이 데려간 미래가 내 마음에 드는 것 역시 행운이다.

이렇게 생각하면 결국 평범하게 살아가는 대부분의 인간은 비슷한 정도의 행운을 가졌을 것이다. 인간은 모두 다르고, 타인은 결코 모르는 단 한 번의 인생을 살아가니까. 운칠기삼의 세계에서, 어떤 사람의 운은 일곱 개가 모두 보이지만, 누군가는 운이라고 느껴지지도 않는 운 일곱 개를 사는 내내 나누어 가질 수도 있는 것이다.

예를 들면 나의 경우다. 내가 18년 전에 열여덟 살의 아르헨티나 축구 신동을 처음 보고 그의 팬이 되었을 때, 어떤 미래가 기다리고 있을지 당연히 몰랐다. 그 소년이 세계가 아는 축구선수 리오넬 메시가 될 거라 생각하고 팬이 되지 않았다는 이야기다. 아무것도 모른 채로 기꺼이 사랑한 덕분에 열여덟 소년이 서른다섯이 되어 월드컵을 드는 경험에 함께할 수 있었다는 것. 이건 사람들이 잘 모르지만 엄청난 행운이라는 거다.

"내가 운의 좀 많은 양을 거기에 쓴 거지. 그러니까 일상적으로 좀 운이 안 따라줘도 그러려니 하는 거야."

S는 대답했다.

"정신 승리네."

맞다.

"정신 승리지."

"그럼 나는 진짜 로또가 돼?"

아니 H야, 내 이론은 그런 건 아니고, 뭔가 조금 더 인생의 행불행, 운불운, 희비극을 모두 입체적으로 봐야 한다는 그런 의미인데… 이미 기각당한 이론을 설명하기는 또 귀찮았다.

"그래. 사 봐. 사 보자."

잠깐의 침묵 속에 차가 동작대교를 건넌다. 우리는 왜 이럴까. 왜 이렇게 잘 풀리지 않을까. 왜 예상치도 않은 불운이, 아니 불행이 전속력으로 들이닥칠까. 나는 눈을 감고 잠시 오늘의 행운을 떠올려본다.

우리한테 행운은 그런 거야. 오른 발목 인대가 늘어나긴 했지만, 브레이크는 눌러지는 거. 브레이크까지 눌러지지 않는다면, 불행으로 가속페달을 밟아버릴지 모르니까. 감각이 느껴지지 않을 정도로 아프고 시큰한 발로 브레이크를 꾸욱 누르면서 함께 잠들 수 있는 집으로, 그래도 함께 갈 수 있다는 것. 그러다 문득 누군가는 이런 걸 행운이라고 생각 안 한다는 게 어쩐지 괘씸해진다.

"근데, 재수 좋은 사람들은 나처럼 생각 안 한대."

"뭔 소리야."

발목의 고통으로 미간에 내 천(川)자가 새겨진 S가 말한다.

"내가 재수가 없으니까, 그냥 괜찮은 건 다 끌어

우리한테 행운은 그런 거야

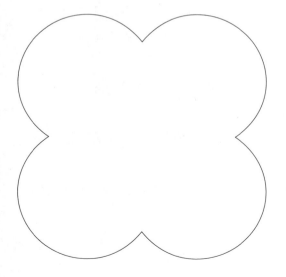

와서 이것도 행운 저것도 행운, 그러니까 나는 괜찮아, 이렇게 생각한다는 거지. 걔가 그랬어."

"걔는 그냥 성격이 재수가 없어."

그건 또 맞는 말이다.

"그러고 나서 뭐라고 했는지 알아? 내 옆에 있으면, 옮을 것 같대."

"뭐가 옮아. 코로나가?"

코로나겠니? 불운이 옮을 것 같다고 했다. 일상의 사소한 불운. 운칠기삼의 인생에서 절대 칠이 채워지지 않을 것 같은 사람이 나라고. 노력하고 기를 모으고 애를 써서 남들보다 더 힘과 마음을 들여 기를 5쯤으로 만들어놓아도, 심지어 나에게 재능과 좋은 기운이 있다고 해도, 어쩔 수 없이 나에게 있는 운은 1이라서, 처음부터 운을 4~5쯤 타고난 이들이 적당히 살면서도 내가 쌓아둔 것쯤은 가뿐히 뛰어넘을 것 같다고.

물론 이 말을 다 하지는 않았다. 그렇게 생각하고 있다는 걸, 이후의 행동으로 알게 되었을 뿐이다.

"그래서 차단한 건가 봐."

"옮을까 봐?"

친구들의 말을 듣고 보니 그럴 수도 있었겠다 싶

다. 생각해 본 적 없지만 일리 있는 가설이었다. 함께 보낸 시간 동안 지켜본 내 일상의 불운에 질려서, 닫혀 있는 문 앞에 여러 번 서 있는 경험이 이어지니, 이대 로는 안 되겠다며 어딘가 열린 문을 찾아 훌쩍 떠나버 린 것일지도.

무사히 H의 집에 돌아왔을 때, S의 발목은 코끼 리의 그것과 다를 게 없었다. 이미 몇 번이나 인대가 늘어나 본 경험이 있는 S는 어차피 응급실에서 해줄 수 있는 건 없으니, 그냥 자고 일어나 아침에 병원에 가 겠다고 했다.

나와 H는 드러누운 S의 발 앞에 나란히 앉아 찜 질 방법을 상의했다. 행운에 관한 개똥 이론을 늘어놓 을 시간에 검색이나 해볼걸. 나는 비장하게 말했다.

"나 알아. 이거, 온찜질 아니면 냉찜질이야."

약 2초의 시간이 흐르고, H가 웃기 시작했다. 거 의 바닥을 구르며, 눈물을 흘릴 것처럼 웃었다. 어이없 다는 듯이 S가 쏘아붙였다.

"둘 중 하나지, 그럼 미지근한 찜질이겠냐?"

"저 또라이 저거, 당연한 얘기면서 잘난 척하는

거 봤지? 나는 무슨 대단한 정보라도 되는 줄 알았어."

H가 웃음을 참지 못한 채로 말했다. 어처구니가 없어진 나도 웃었다. 이런 상황에서도 기어코 잘난 척할 구석을 찾아내 아무 말이나 대충 꺼내놓고서 친구들이 칭찬해 주길 바라는 게 너무 나 같아서 웃겼다. H는 계속 웃었다. 우리는 왜 이렇게 운이 없냐며, 우리는 팔자가 왜 이러냐며 금방이라도 울 것 같더니, 웃었다. 검색으로 냉찜질인 걸 확인하고 내가 냉동실에서 꺼내온 어린이용 얼린 주스 두 개를 발목에 꽁꽁 묶은 S가, H를 보며 말했다.

"네가 웃었으면 됐다."

꽃 때문은 아니었지만, 아무튼 기분이 좋아진 우리는 이런 이야기를 하면서 웃고, 저런 이야기를 하면서 운다. 웃다가 울면서, 울다가 웃으면서, 이럴 때 '울다가 웃으면 똥구멍에 털 난다' 같은 문장을 떠올리지 않는 인간이 되려면 다시 태어나야겠지? 그런 생각을 한다. 다시 태어나면 운이 좋은 사람일 수 있을까? 그렇다면 그건 내가 아닐 것 같다는 생각도 든다. 어떤 불행이 어떻게 들이닥쳐 삶을 어떤 모양으로 구겨버릴지 아무것도 몰랐던 지난겨울로 다시는 돌아갈 수 없

게 되었지만, 웃을 수 있다면 괜찮지 않을까. 온갖 개
똥이론을 내세우며 인생에 대해 아는 척 소설을, 드라
마를, 에세이를 쓰면서도 실은 아무것도 모르는 난, 웃
을 수 있다면 다행이라는 것 정도만 아는 것 같다.

AM 4:30 다행

새벽 네 시가 넘었다. 우리는 더 이상 떠들지 않
기로 약속한다. 잠은 자야 하니까. 슬픔을 덮고 자는
사람이 먼저 잠든다. H의 숨소리가 규칙적으로 들려
오자, S가 작은 소리로 말한다.

"나는 나쁜 꿈을 많이 꿔."

"어, 나는 개꿈을 많이 꿔."

"그런 거 말고 진짜 나쁜 꿈. 난 항상 최악의 상황
을 상상하는데, 그게 늘 꿈에 나와."

"악몽이겠네."

"악몽이지."

최악의 상황이 무엇인지, S도 알고 나도 안다.

"그런데 있지. 상상이 현실이 된 적은 단 한 번도

없어."

　그 꿈에서 울고불고 가슴을 치는 일은 있어도, 현
실이 되지는 않는다고 했다. 그건 한사코 입으로 꺼내
지 않고 있지만 지난 몇 달 동안 매일 매 순간 상상한
최악의 일, 우리가 웃고 울면서 서로의 밤을 지켜주고
있는 이유인 바로 그 일이, 벌어지지 않을 거라는 말이
었다.

　"절대로?"

　"절대로."

　나는 팔자니 운명이니 하는 건 아무래도 믿을 수
가 없다. 믿고 싶지도 않다. 내가 무언가를 믿는다면
그건 우리가 그 밤을 지켰던 마음.

　정말 김첨지의 반대 같은 게 맞았다. 오늘은 어쩐
지 운이 나쁘더니, 이러려고 그런 거였다. 같이 웃으려
고. 웃다가 겨우 서너 시간을 잠들려고. 이렇게라도 네
가 살아있는 오늘을 지킬 수 있다는 것이 내겐 대단한
행운이라서. 행운이 아닐 거면 불행 중 다행이라서. 셋
이 모여 겨우 운 좋은 사람 하나만큼의 운이 없어도,
불운이 옮을까 무서워하지 않고 어떻게든 나눠 가져

보려는 우리는 서로의 다행이니까. 대체로 재수가 없는 나는, 다행히도 그 마음을 믿는다.

그날 이후로도 운과는 상관없이 순리대로 흘러가는 일상이 있다. 우리가 사 온 꽃은 각자의 집에서 다른 속도로 지고, S의 늘어난 인대는 걸을 수 있을 만큼 탄성을 되찾는다. 계절이 바뀐다. H의 딸은 브로콜리 같은 걸 잘도 먹으면서 키가 자란다. 점점 엄마를 닮아간다. 더 많은 단어를 말할 수 있게 된다. 절망이라거나 슬픔이라거나, 어쩌면 나는 이름을 붙일 만큼 잘 알지 못하는 감정이 옅어지는지는, 내가 H가 아니고 묻지도 않아서 알 수 없다. 옅어지는 게 순리가 맞는지 모르겠다. 그러니 그냥 친구의 몫으로 둔다.

대신 나는 이런 생각을 가끔 한다. H의 팔자가 사나워서 불행이 닥쳤다고 말하는 사람이 있다면, 겁도 없이 그딴 말을 입 밖으로 내뱉는 인간이 있다면, 내가 열심히 저주할 거라고. 내 마음속에서 소리소문없이 해치워버리겠다고. 거듭, 나 홀로 약속한다.

운이 나쁜지 좋은지 도무지 알 수 없는 시간도 흐른다. 무당과 점쟁이가 나오는 프로그램이 대세인 세상이 되었는데도 무당이 주인공인 드라마는 결국 편성을 받지 못하고 4년 넘게 쓴 대본은 가끔 나 혼자 읽는다. 함께 잠들었던 그날 밤 운전을 못 했던 걸 자책하며 연수를 받기로 결정한 나는 아빠의 8년 된 차를 물려받는다. 20년 무사고가 무색하게 운전대를 잡자마자 반년 사이에 세 번의 작은 사고를 내지만, 목숨을 부지했으니 다행아니냐며 계속 겁 없이 시동을 건다. 좀 재수가 없어도, 내가 아닌 우리라면 오늘의 운세는 언제나 다행일 테니까.

내 이름은 원재희

원재희

원재희로 살아온 난 사실 원재희가 아니었다. 엄마 은
희 씨의 고백 아닌 고백으로 알게 된 나의 이름은 '하
나'. 젊다 못해 어린 부부였던 은희 씨와 덕훈 씨는 한
글만 사용해 '하나'라는 태명을 지었고 열 달 뒤 내 이
름이 되었다. 이름은 골라 지을 수 있지만, 성은 고를
수 없는 것. 내 이름이 원래 '하나'였다는 은희 씨의 말
에 성이 '원'인지는 알고 있었냐고 묻고 싶었다. 잠깐
성을 깜빡한 것 아니었을까 싶었지만 '원'과 '하나'는
잘 붙었다. 오히려 너무 입에 붙어서 문제였다. 원하나.
'What? What do you want?' 언제 어디서나 무엇을 원
하는지 묻고 다녀야 할 거 같은 이름 '원하나'. 이것이
잠깐이지만 최초의 나의 이름이었다. 물론 은희 씨와
덕훈 씨가 'Only One'의 의미로 지었다는 걸 이제는

안다. 아무렴 'What do you want?'로 지었을까. 종종 '하나'라는 말을 쓸 때면 내 이름이었던 원하나가 떠오른다. 그럴 때마다 친구들에게 원재희 이전에 원하나가 있었다는 이야기를 해주었다. 이름을 들은 친구들의 하나같은 답변은, "원 하~나~? 안 어울려. 원재희가 어울려"였다. 왜 그렇게 생각하는지 물어보면 원하나는 가녀리고 하얗게 생겼을 거 같다나. 뭐지, 원재희가 어울린다는 말의 의미는 이름에서부터 튼튼하고 까맣게 생겼을 거 같다는 건가. 뭐… 사실이긴 하다.

은희 씨 뱃속에서 열 달, 그리고 태어나서까지 불린 '하나'가 '재희'로 바뀐 사연은 나의 조부모 근후 씨와 복녀 씨에게 '하나'라는 이름이 들통나면서 시작됐다. 부모가 지어준 이름일 뿐인데 들통이라는 말이 조금 심한 거 같지만 사실이다. 말 그대로 들통이 났다. 은희 씨와 덕훈 씨는 알았을 거다. 근후 씨와 복녀 씨가 있는 한 내가 절대 원하나가 될 수 없다는 것을.

북쪽이 고향인 근후 씨는 북에 있는 가족을 늘 그리워했고, 세상을 떠나는 날까지 북에 있을 가족을 생각했다. 복녀 씨도 마찬가지였다. 가족과 함께 남쪽으로 왔을 뿐 고향은 북쪽이었다. 기댈 곳 없는 남쪽의 서울 땅에서 근후 씨와 복녀 씨가 만나 서로의 가족이 되었고 가정을 꾸렸다. 그들은 삼 남매를 낳았고, 삼 남매의 장남 덕훈 씨가 다시 '하나'인 나를 낳았다. 그렇게 혼자였던 근후 씨는 가족이 늘었다. 자식에게 따뜻한 말 한마디 건네지 않아 집안의 무서운 존재였던 근엄한 근후 씨의 눈에서 꿀이 뚝뚝 떨어지기 시작한 건 내가 태어나고부터다. 근후 씨의 눈에 꿀이 떨어졌다면 복녀 씨는 어땠을까. 삼촌 덕일 씨의 말을 빌려본다. "네 할머니, 너 보자마자 그냥 뿅! 가서 아빠 잘못한 거 그날부로 용서했잖아." 덕일 씨는 이 사실을 덕훈 씨가 하늘나라로 떠나고 난 뒤에야 내게 들려주었다. 아쉬워라. 미리 알았다면 평생 우려먹을 수 있었는데.

꿀 떨어지는 근후 씨와 뿅 간 복녀 씨는 그런 나의 이름을 열심히 물색했다. '감히 내 손주 이름을 대충 짓다니, 쯧쯧쯧.' 박학다식한 근후 씨는 매일같이 옥편을 뒤졌다. 그에 질세라 복녀 씨도 매일 기도 방으

191

로 들어가 성경을 읽고 기도를 했다. 단 하나의 이름을 위하여 두 사람은 힘을 모았다. 잠깐, 하나님까지 셋인가. 아무튼, 복녀 씨는 하나님이 근후 씨가 옥편을 뒤질 때 어떤 찌릿한 영감을 주시길 바랐지만 아쉽게도 나는 여전히 '하나'였다. 근후 씨는 포기하지 않았다. 옥편을 뒤지던 모습으로 사람을 뒤지기 시작했다. 바로 작명가! 아는 사람 모르는 사람 가리지 않고 묻고 또 물어가며 기어코 저명한 작명가를 찾아낸 근후 씨는 가족들에게 나의 이름이 정해지는 날을 알렸다. 덕훈 씨와 은희 씨 마음 저편에 '하나'를 묻고 비로소 새로운 이름으로 태어나는 날이 정해진 것이다.

드디어 디데이. 새벽부터 불이 켜진 우리 집엔 보이지 않는 긴장감이 공기 중에 가득하다. 언제나처럼 이른 아침을 여는 근후 씨와 복녀 씨는 각자의 방법으로 하루를 시작했다. 일어나자마자 눈만 비비고 기도방으로 간 복녀 씨는 1시간 동안 성경을 읽고 쓰고 주절주절 기도했다. 특별한 날이니 성령의 불꽃을 젖먹던 힘까지 활활 피웠다. 좋은 이름이 지어질 수 있도록 작명가에게 명석함을 허락해달라고 무려 하나님께

192

말이다. 그렇다. 이쯤에서 다시 이야기하면, 우리는 복녀 씨를 필두로 하나님을 독실하게 믿는 가족이다. 숨을 내뱉는 횟수와 버금가게 하나님을 찾는 복녀 씨는 치매로 모든 기억을 잃어가는 마지막까지 교회 이름과 김복녀 권사라는 직분은 기억할 정도로 신실한 주님의 사람이었다. 심지어 내가 수학여행으로 불국사에 가는 것도 웬만하면 안으로는 들어가지 말라고 할 정도였다. 그런데 작명소라니. 작명가에게 명석함을 허락해달라는 기도를 하나님께 올리다니.

복녀 씨가 기도를 하는 동안 루틴형 인간 근후 씨는 뉴스 시작 타이틀에 맞춰 맨몸 운동을 시작한다. 한 번쯤 거를 법도 한데 거르면 루틴이 아니고, 근후 씨가 아니다. 뉴스 진행자의 마무리 인사가 나올 때면 운동도 끝난다. 그 시간을 정확하게 알고 있는 복녀 씨가 기도를 끝내고 부엌으로 간다. 은행 다섯 알을 굽고 달걀프라이를 만든다. 두 사람의 아침 식사 전 그러니까 새벽 간식이 되겠다. 간식을 먹은 뒤 근후 씨는 뜨거운 물에 몸을 담갔다. 중요한 날인만큼 식초를 탄 물에 발을 담가 세균 박멸에도 힘을 쓴다. 그때쯤, 은희 씨가 일어났다. 뒤따라 덕훈 씨가 (아직은) '하나'인 나를 안고 나왔다. 복녀 씨가 물기 묻은 손을 털고 헐레벌떡 달려와 나를 안았다. 그리곤 다시 하나님을 찾으며 기도했다. 못 말리는 복녀 씨의 하나님 사랑인지 손주 사랑인지 모르겠지만, 뭐였든 간에 사랑임은 확실하다. 나의 깨어남을 확인한 근후 씨도 식초 냄새가 가시기도 전에 부리나케 나와 나를 안았다. 무슨 날인지 모르는 나는 동그랗고 큰 눈을 깜빡이며 복녀 씨와 근후 씨를 바라본다.

네 사람은 한 식탁에 앉아 경건하게 아침 식사를 했다. 대표 기도를 하는 복녀 씨는 오늘 하루도 하나님께 의탁한다며 다시금 중대한 오늘의 일을 언급한다. 작명가도 불러 함께 기도라도 해야 할 거 같은 분위기이다. 식사를 마친 근후 씨가 나의 생년월일시를 적은 종이를 반듯하게 접어 복녀 씨가 다려놓은 양복 안주머니에 넣었다. 복녀 씨는 교회에 갈 때만 가져가는 검정 가죽 가방을 가져와 준비된 돈뭉치를 꺼내 돈을 다렸다. 빳빳하게, 새 이름에 걸맞은 새 돈처럼. 다린 돈을 가방에 넣고 옷을 입는다. 이제 모든 준비가 끝났다. 복녀 씨는 마지막으로 집을 나서기 직전, 거실 한 가운데 위치한 십자가를 향해 두 손을 모아 마지막 기도를 올렸다. 사주팔자까지 확인하며 이름을 지으러 가는 복녀 씨가 언제까지 기도할까. 벌써 지겨워지면 안 된다. 복녀 씨의 하나님을 향한 사랑은 끝이 없을 테니까.

온 가족이 한 차에 타고 성수대교를 건넌다. 흘러 나오는 복음성가를 흥얼거리며 나를 바라보고, 다시 하나님을 찾는 복녀 씨. 복녀 씨는 급하고, 어렵고, 중할수록 하나님을 찾았다. "하나님, 우리 아기한테 딱 맞는 이름! 최고의 이름! 잘 살아갈 수 있는 이름! 공부 잘하는 이름! 하나님 잘 믿을 수 있는 이름으로 지어주세요, 주님." 복녀 씨의 기도를 작명가가 들었을지, 하나님이 들었을지 모를 일이지만, 분명한 건 복녀 씨는 작명가도 하나님이 허락하신 사람일 거라고 굳게 믿는 듯했다.

얼마 뒤 복녀 씨는 교회 가방에서 곱게 다린 돈을 꺼내 종이 한 장과 교환했다. 근후 씨는 그 종이를 소중하게 접어 양복 안주머니에 넣었다. 그리고 나는,

곱게 다린 돈을 꺼내
종이 한 장과 교환했다.

그날부터 재희가 되었다.

　내 이름은 원재희. 으뜸 원(元) 실을 재(載) 기쁠
희(喜)를 사용해 한자로는 '기쁨을 싣는 사람'이 되라
는 의미가 담긴 이름이다. 얼마나 대단한 작명가였는
지 사실 나는 모른다. 하지만 이름 이야기가 나올 때
마다 온 가족이 말해주곤 한다. 내 이름이 어떤 이름
이고, 어떻게 지어졌는지. 내 이름을 짓고 작명가가 작
고하는 바람에 '원재희'라는 이름이 유작 아니냐는 소
리까지. 그만큼 좋은 이름이라는 말이다. 나의 타고난
부족함을 채우고, 나의 미래에 창창함을 기대하는 이
름. 나를 위한 나만의 이름. 하지만 나는 내 이름을 본
적도 없는 작명가가 아닌 할아버지 근후 씨와 할머니
복녀 씨가 지었다고 생각한다. 두 사람의 사랑이 빚어
낸 작명이라고. 뭐든지 스스로 해내는 할아버지가 처
음으로 누군가의 힘을 인정한 순간이며, 사주라면 질
색을 하고 모든 일은 하나님으로부터라던 할머니마저
처음으로 벽을 허문 순간이었다. 두 사람이 없었더라
면 나는 원재희라는 이름으로 살아가지 못했으리라.
아, 잠깐. '하나'가 자꾸 마음에 남네. 그 또한 아빠와

엄마의 사랑으로 만들어진 이름이었지만 마음만 받는 거로 하겠다.

　글을 쓰고 책을 만들 때 마지막으로 하는 작업이 판권을 적는 일이다. 그때마다 이름을 마주한다. 첫 번째 책을 만들 때는 가벼운 마음으로 이름을 적었다. 그 뒤에도 마찬가지였다. 한 권 두 권 만들면서도 이름을 적는 행동에 큰 의미를 두지는 않았다. 하지만 어느 날부터인지 내 글을 읽어주는 분이 있다는 생각이 들자 글쓴이에 적는 원재희라는 이름이 묵직하게 느껴졌다. 물건을 사고 하는 서명과는 전혀 다른 느낌이었다. 그러면서 이름을, 이름의 의미를 다시 마주했다. 나는 이름대로 살아가고 있을까. 할아버지와 할머니, 아빠와 엄마가 내 이름을 놓고 고민했던 시간만큼 나도 내 삶의 방향을 고민하며 살아가고 있는 것일까? 그때부터였다. 글을 쓸 때마다 이름을 마음에 새긴 것이. 글을 읽는 분들에게 기쁨이 되고 싶다는 마음을 품은 것이. 이후로는 그 마음이 글에 녹아 부디 잘 전달되길 바라며 쓰고 있다. 이 정도면 할아버지, 할머니도 하늘에서 재희가 이름값 하며 살고 있다고 생각하시려나(실제로 비싼 값이었다고 들어서 부담이 있다).

친구들이 갓 태어난 아기의 이름을 고심해서 짓는 것을 볼 때마다 누군가의 평생 불릴 이름은 사랑으로 지어진다는 것을 새삼 느낀다. 그러므로 우리는 모두 사랑으로 태어난 존재들이다. 내 이름 '원재희'를 떠올릴 때마다 좋은 이름을 지어주고 싶었던 그들의 사랑을 다시금 느낀다. 그리고 그들의 바람대로 기쁨을 싣는 사람, 더불어 나에게 실린 기쁨을 모두에게 나눌 수 있는 사람 원재희로 살아가길 소망하며 기도한다.

가자, 호랑이 굴로

원재희

2024년 3월 초, 난생처음 출판사로부터 저작 제안 메일을 받았다. 혼자 글을 쓰고 책을 만든 지 어언 9년 차인 나는, 그때까지 단 한 번도 출간 의뢰를 받아 본 적이 없었다. 솔직히 『평양냉면』을 쓰고는 살짝 기대한 적도 있었는데, 기대만 품고 그저 기다리고만 있을 수는 없었다. 유명하지 않은 나의 글을 책으로 만들어 줄 사람은 나뿐이었다. 나만의 속도로 계속 글을 쓰고 책을 만들었다. 그런 내가 받은 인생 첫 저작 의뢰. 메일 내용을 보지도 않았는데 심장이 쿵쾅거렸다. 널뛰는 심장을 부여잡고 겨우 내용을 확인했다.

'사주 운세 관련 에세이….' 연례행사처럼 앱을 통해 신년운세를 보곤 했지만, 단 한 번도 누군가로부터 사주 해석을 받아 본 적이 없다. 다시 말해 사주로 쓸 수 있는 소재가 없다는 이야기이다. 하지만 하고 싶다는 마음에 어떻게든 소재를 만들어내려고 노력했다. 한 문장 쓰는 게 오래 걸릴 뿐, 시작만 하면 수타면 뽑듯 줄줄 뽑아내리라 생각했다. 하, 날 몰라도 너무 몰랐다. 분명 그동안은 줄줄 잘 뽑았는데, 이번 글은 달랐다. 한 문장은커녕 한 단어를 쓰는 것도 쩔쩔맸다. 계약서에 사인한 지 4개월이 지나고 있었다. 받은 선인세를 돌려드려야 하나 고민을 했다. 막막하던 찰나에 적어둔 가제 '저는 언제쯤 잘 풀릴까요'가 눈에 들어왔다. 정말이지 저는 언제쯤 잘 풀릴까요. 나야말로 지금 묻고 싶은 말이었다. 먼 미래도 필요 없이 지금. '저는 언제쯤 글을 풀어낼 수 있을까요.' 원래도 글을 빨리 쓰는 편이 아니라서 부지런히 써야 1년에 한 권을 만들 수 있는 나였지만, 그래도 이번에 쓰는 원고는 느려도 너무 느렸다. 풀릴 때를 기다리며 주문처럼 '저는 언제쯤 잘 풀릴까요'를 되뇌었다. 인고의 시간을 보내던 어느 날, 끝내 나는 결심했다. '안 되겠다. 가야겠다. 호랑이 굴로.'

그렇다. 호랑이를 잡으려면 호랑이 굴로 가라고

했다. 명심하자. 호랑이 굴에 들어가도 정신만 차리면 살아 돌아온다고 했다. 한 번도 사주를 본 적 없는 나에게 이 결심은 무척 대단한 일이었지만, 호랑이 굴로 돌진한다고 생각하니 오히려 마음은 한결 편안해졌다. 카페에 앉아 4시간 동안 겨우 200자를 쓰다가 노트북을 접고 집에 돌아왔다. 침대에 누워 지도 앱을 열었다. '사주'라는 두 글자를 적었다. 집 앞에 신당이 나왔다. '집 앞에 신당이 있었다니!' 깜짝 놀라 침대에서 일어나 창문 밖을 내다봤다. '태극 신궁'이라는 간판이 떡 하니 있었다. 집을 나설 때 매일 마주 보던 집이 신당이었던 거다. 간판 위로 작은 깃발도 펄럭이고 있었다. 간판과 깃발 사이의 작은 창문으로 내부가 어렴풋하게 보였다. 큰 결심을 했지만, 나는 사주 초보다. 아니 겁쟁이다. 겁쟁이는 저곳에 발을 딛는 상상만으로도 가슴이 쿵쾅거렸다. '태극 신궁'은 포기다. 겁쟁이가 들어갈 수 있을 만한 곳을 다시 검색했다. 다행히 집과 멀지 않은 곳에 사주와 타로, 관상을 보는 작은 매장이 눈에 띄었다. 이곳도 매일 다니는 길목이었다.

　늦은 밤이었지만, 사전 조사를 위해 다시 집에서 나왔다. 집에서 나오자마자 어두워진 거리를 밝히는

'태극 신궁'의 간판 옆으로 끝이 보이지 않는 좁고 깊은 입구가 보였다. 그 끝에 가면 정말로 호랑이가 으르렁거리고 있을 거 같았다. 한여름임에도 팔뚝의 털이 바짝 섰다. 후다닥 다음 사주 매장으로 갔다. 가게 바로 앞에서 서성거리면 수상한 사람으로 보일 거 같아서 지나가는 척하며 매장을 확인했다. '태극 신궁'의 임팩트 때문인지 상대적으로 사주 초보가 가기에 괜찮아 보였다. '그래! 결심했어!' 이곳을 나만의 호랑이 굴로 점찍은 날은 주일 예배를 성스럽게 마치고 돌아온 2024년 7월 14일 일요일 밤이었다.

7월 15일 월요일 아침부터 사주와 나를 생각했다. 경험하지 못한 것을 쓸 수 없음을 겸허히 받아들이기로 했다. 모든 창작물이 오로지 상상과 생각으로만 이루어질 수 없다는 것을 비로소 깨달았다. 적어도 나는 그렇다는 것을 알게 되었다. 그러니까 나는 먹은 것만 쓸 수 있는 먹보 중의 먹보였다(앞으로도 잘 먹어야지). 사실을 알았으니 지금부터는 꼬여있는 이 글을 잘 풀어보기로 했다. 호랑이 굴로 들어갈 날짜는 다음날 오후 4시로 정했다. 정하고 나니 월요일 저녁

샤워를 하면서부터 왠지 심장이 콩닥거렸다. 처음 저 작 메일을 받았을 때처럼 말이다. 이것도 처음이라고 두근거리나 싶어 우스웠다. 어쨌든 웃긴 글을 쓰고 싶 었는데 우습기 시작하니 좋았다. 글을 쓰기 위한 고민 이 물줄기처럼 시원하게 내려가길 바랐다.

7월 16일 화요일 오후 3시 30분. 4시가 되길 기다 리며 사주 매장이 보이는 카페에 앉아있다. 한 줄 쓰 고 사주라는 글자를 쳐다보고 다시 글을 쓰고 또 쳐 다보는 중이다. 복이 날아가는 것을 방지하기 위해 떨 지 않던 다리를, 그러니깐 다리를 달달 떨고 있다. 심 호흡을 한 번 하고 전화를 걸었다. 수화기 너머로 목 소리가 들렸다. 나는 사주 카페도 아닌 그곳을 뭐라고 불러야 하는지 몰라 다짜고짜 "사주보는 곳이죠?"라 고 물었다. 그렇다는 대답에 딱히 할 말이 없었다. 지 금 가도 되는지 물었다. 사주 선생님은 흔쾌히 "아유~ 물론이죠"라고 답했다. 전화를 끊고 나니 다리는 물론 손까지 '파르르' 떨려왔다. 이게 뭐라고.

4시가 되자마자 사주 매장의 문을 열었다. 열자

마자 촉이 왔다. 영험이 나에게 깃든 것처럼 풀리지 않
던 글이 드디어 풀릴 거 같다는 느낌이. 선생님은 문
앞 거울을 보며 운동을 하고 있었다. 방금 전화한 나
를 알아보고 자리를 안내했다. 사실 안내라고 할 것도
없었다. 의자가 딱 두 개였기 때문이다. 하나는 선생님
자리, 하나는 내 자리. 두근거리는 마음을 붙잡고 앉
았다. 선생님은 인자한 얼굴로 나를 쳐다보며 이야기
했다.

　"장녀네요."
　"네?"
　"장녀. 첫째, 첫째 아니에요? 첫째 아니어도 첫째
역할을 할 거 같은데요?"
　"맞아요!"

　장녀를 알아듣지 못할 만큼 긴장하고 있었다는
게 드러났다. 첫째 역할이 내 얼굴에 적혀있다니. 광대
가 뾱!하고 튀어나와 있고, 덧니가 빡!하고 있으며, 눈
도 코도 얼굴도 동글동글하게 생겨서인지 날 보는 사
람 대부분은 개구쟁이 막내 혹은 둘째로 생각하는데

(둘째와 막내가 모두 개구쟁이라는 건 아니랍니다), 얼굴만 보고 단번에 내가 첫째라는 걸 맞히다니, 갑자기 마음의 빗장이 풀려버렸다(그렇다고 첫째를 맞힌 사람들 모두에게 마음이 풀리는 건 아니랍니다. 그때그때 달라요). 덕분에 생년월일을 적는 선생님의 정수리에 시선을 둔 채 묻지도 않은 고백을 하기 시작했다.

"제가 사실은 사주가 처음이고요. 사실은 하는 일이 안 풀려서요. 사실은… 사실은….'

하나님께도 아니 목사님께도 이렇게 사실을 마구 쏟아낸 적이 없는 거 같은데 사주 선생님께 무슨 고해성사라도 하듯 사실을 퍼붓기 시작했다. 웃으며 듣던 선생님은 준비가 다 됐다는 듯 알아볼 수 없는 한문 끝에 마침표를 찍었다. 마침표에 바짝 긴장하며 선생님을 바라봤다.

"자, 사주에는 오행이 있는데 재희 씨는 물의 사주네요. 작은 물. 물은 음의 기운이 있어요. 이 사주는 서론 본론 결론까지 내는 일을 좋아하면서도 통제받기는 싫어하는 자유로운 영혼이에요. 몸으로 하는 것보다 지식을 쌓아서 표출하는 걸 좋아하고요. 음, 말도 잘하고 창작하는 그런 쪽으로 재능이 있는데 무슨 일 해요?"

"저 사실은 혼자 글 쓰고 책 만드는 일을 하고 있어요. 사실은 그게 문제인데요. 사실은…."

사실밖에 말할 수 없는 마법에 걸린 사람처럼 다시 사실을 거듭 늘어놓기 시작했다. 하는 일을 들은 선생님은 고개를 끄덕이며 어릴 때부터 말하고, 글 쓰고, 그림 그리면 칭찬 많이 받았을 텐데 맞냐고 했다. 다 맞는 말이다. 그래서 말인데, 이 글을 읽고 계실 어른들에게 말씀드리고 싶다. 칭찬은 고래를 춤추게도 하지만, 칭찬은 한 아이가 나중에 커서 독립출판을 하게 할 수도 있습니다. 좋다…고요… (진짜로).

"그러는 바람에 제가 지금 이러고 있거든요…."
"근데 가야 하는 방향으로 잘 가고 있어요. 본인에게 맞는 길이에요. 시작하는 거에 걱정이 많아서 그렇지 시작만 하면 사주도 관상도 끝까지 가는 성격이니 지금 가는 길 계속 잘 가면 돼요. 맞아요! 그 방향이!"

이렇게 힘이 될 이야기를 사주 선생님께 들을 줄은 몰랐다. 좋은 이야기를 기대하고 갔다기보다 호랑이를 만나기 위해 호랑이 굴에 들어간 것인데 나도 모르게 힘을 얻게 된 것이다. 끝은커녕 앞도 보이지 않는 막막한 길 위에 혼자 있는 느낌. 거기다 짐도 한가득 메고. 내가 선택한 길이지만 늘 불안과 걱정이 있었다. 사주를 보는 행위 자체가 떨렸던 게 아니라 혹여 내 선택이 잘못됐다는 이야기를 들을까 두려웠던 것은 아니었을까. 사주와 다른 방향이라 해도 끝내 계속 갔을 테지만, 정확한 타이밍에 맞는 방향으로 걸어가고 있다는 선생님의 이야기에 안도감이 들었다.

"사실은요. 제가 사주 같은 걸 믿진 않거든요. 그런데 사주를 떠나서 선생님처럼 말씀해주신다면 어떤 길 위에서 잘못된 방향이라 다시 돌아가야 한다 해도 돌아갈 용기가 생길 거 같아요. 고맙습니다."
"인생은 방향성과 타이밍이에요. 재희 씨는 재희 씨의 방향으로 잘 가고 있으니 걱정되는 것들을 보완

하며 계속 잘 가면 좋겠어요."

"그럼 하나만 더 사실을 고해도 될까요?"

"그럼요."

"제가 진짜 사실은요. 여러 작가와 함께 사주와 관련된 글을 쓰고 있는데요. 그래서 그 글을 쓰기 위해 왔어요. 가제가 '저는 언제쯤 잘 풀릴까요'인데 사주도 안 보고 쓰려니 인생이고 뭐고 글부터 풀리지 않아서요. 사주를 보면 글이 좀 풀릴까 해서 왔거든요."

"이제 풀리겠네요."

"네!! 맞아요! 풀릴 거 같아요! 정말 고맙습니다."

"그리고 지금 잘 풀린 거예요."

"네? 지금 이 모습이 잘 풀린 거예요?"

"그럼요. 물론 재정도 같이 풀렸으면 더 좋았겠지만, 여하튼 잘 풀리고 있는 거예요…."

느낌표로 끝나던 선생님의 이야기가 처음으로 살짝 흐려진 순간이었다. '선생님, 재정이 풀리지 않았는데 잘 풀리고 있다는 말씀에 대해서 조금 더 해주셨어도….' 풍족한 재정은 내 사주엔 없는 것인가 하는 생각을 하는 순간, 선생님은 내게 노트 뒷면을 보여줬다.

카카오뱅크 XXXX-XXX-XXXXXX 김○○

선생님은 프로였다. 그렇다. 응원의 값을 지불할 때다. 너무 따뜻하게 이야기해주신 바람에 교회 권사님과 상담하는 줄 알았다. 노트 뒤를 슬쩍 보여주실 때는 따뜻한 글귀 혹은 힘이 될 명언이라도 있는 줄 알고 기대하며 같이 고개를 꺾은 게 민망할 지경이었다.

"아! 헤헤. 기본으로 계산하면 되는 거죠? 선생님, 정말로 안 풀렸던 글이 이제 풀릴 거 같아요."

"호호호. 안 풀리면 또 와요."

"네~ (선생님 죄송해요. 사실은 이미 문을 열자마자 알았어요. 드디어 풀렸다는 것을요. 다시 뵙지 않도록 잘 풀어볼게요. 대신 지나갈 때마다 감사할게요)."

인사하고 돌아서서 시간을 봤다. 4시 30분. 미주알고주알 고백하고 났더니 순식간에 30분이 지나있었다. 30분이면 됐을 시간인데, 글을 붙들고 앉아만 있었던 넉 달의 시간이 살짝 허무했다. 그래도! 그럼에도 불구하고! 어쨌든! 이제는 글을 쓸 수 있을 거 같다는 생각에 뛸 듯이 기뻤다. 비를 맞으며 건널목을 뛰어 카페로 돌아왔다(우산이 없기도 했다). 다시 노트북을 켰다. 30분의 시간이 휘발되기 전에 써야 한다. 사주 초보의 첫 번째 사주 매장 방문기를.

사주를 볼 때 선생님이 앉은 자리 뒤에 적혀있는 글이 있었다.

인생은 타이밍과 방향성이다! 운세를 보는 목적은 현재를 가장 합리적으로 살아가기 위한 지혜를 얻는 것에 있다.

내 인생이 앞으로 어떤 타이밍에 어떤 방향으로 향할지 또는 미래가 어떨지 사주를 보고 온 지금도 선명하지는 않다. 여전히 묵직한 짐을 메고 '태극 신궁'의 입구처럼 끝이 보이지 않는 길에 서 있는 기분인 게 사실이다. 내가 생각하는 끝이 어딘지, 그 모습이 무엇인지, 어떻게 풀릴 인생일지 모르겠지만 내가 문을 열고 그곳을 나오기 전 선생님이 마지막으로 해주셨던 말이 있다. 비용도 모두 내고 난 뒤에 들은 그 이야기

인생은 타이밍과 방향성이다!

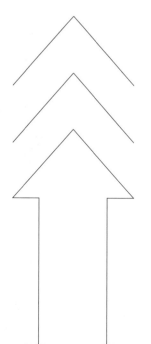

만큼은 선명하게 기억될 거 같다. 그리고 이 이야기가 각자의 길을 저마다의 속도로 가고 있거나 혹은 멈춰 있는 사람들에게도 힘이 되길 바란다. 나 또한 응원이 필요할 때마다 기억하며, 미래를 걱정하기보다 현재를 열심히 기쁘게 살아가 보려고 한다. 그런 의미에서 현재 이 글의 끝이 보인다는 것이 무엇보다 기쁘다.

"그런데 정말 좋다. 많은 사람이 쉰 살이 돼도 내가 뭘 하고 싶은지 뭘 좋아하는지 몰라서 사주를 보러 와요. 그런데 재희 씨는 서른 살에 이미 내가 뭘 좋아하는지 어떻게 살아가야 할지 고민했고 그렇게 살아가고 있다는 거. 그게 정말 좋네요. 그게 정말 좋은 거예요. 응원해요. 파이팅!"

잘되리라

저는 언제쯤 잘 풀릴까요

2024년 11월 26일 초판 1쇄 발행

지은이   이보람, 곽민지, 이진송, 이미화, 윤혜은, 윤이나, 원재희
펴낸이   김남규
교정   유정하
디자인   주경련

펴낸곳   일토
출판등록   2014년 7월 8일 제2022-000337호
전화   02-577-2846
팩스   02-6280-2845
전자우편   hello@rabbitroad.co.kr

ISBN   979-11-956119-7-3 03810

표지 제목은 Mapo 다카포(임혜은) 서체를 사용하였습니다.